风雅婺城

李英昌　汪　胜主编

浙江工商大学出版社
ZHEJIANG GONGSHANG UNIVERSITY PRESS

· 杭州 ·

图书在版编目(CIP)数据

风雅婺城 / 李英昌,汪胜主编. —杭州:浙江工商大学出版社,2021.9
ISBN 978-7-5178-4638-3

Ⅰ.①风… Ⅱ.①李… ②汪… Ⅲ.①中国文学—当代文学—作品综合集—金华 Ⅳ.①I218.554

中国版本图书馆 CIP 数据核字(2021)第 174435 号

风雅婺城
FENGYA WUCHENG

李英昌　　汪　胜　主编

责任编辑	唐　红
封面设计	沈　婷
责任印制	包建辉
出版发行	浙江工商大学出版社
	(杭州市教工路 198 号　邮政编码 310012)
	(E-mail:zjgsupress@163.com)
	(网址:http://www.zjgsupress.com)
	电话:0571-88904980,88831806(传真)
排　　版	杭州朝曦图文设计有限公司
印　　刷	浙江全能工艺美术印刷有限公司
开　　本	880mm×1230mm　1/32
印　　张	6.875
字　　数	166 千
版 印 次	2021 年 9 月第 1 版　2021 年 9 月第 1 次印刷
书　　号	ISBN 978-7-5178-4638-3
定　　价	45.00 元

序

"千古风流八咏楼，江山留与后人愁。水通南国三千里，气压江城十四州。"这是著名女词人李清照在婺城八咏楼上写下的千古名诗。自古以来，婺城就是一座人文荟萃的城市。婺城文脉就如同悠悠婺江，源远流长。

婺城建城2300多年，唐代古子城至今矗立在婺江之畔。婺城人文荟萃，儒释道文化在这里交相辉映。南宋吕祖谦始创婺学，与朱熹、陆九渊齐名；"北山四先生"传承儒学正统。相传黄大仙在这里得道成仙，蜚声海内外，有侨仙的美誉。南朝梁武帝始建智者寺。五代时期"诗画双绝"的高僧贯休在九峰山修行。近现代，黄宾虹、邵飘萍、何氏三杰等文化名人将婺文化发扬光大。

中华人民共和国成立以来，婺城人民在中国共产党的领导下，投身社会主义文化建设，取得了累累硕果。尤其是新婺城建区20年来，婺城的文学工作者自觉响应人民和时代的召唤，深入基层，坚守一线，以昂扬的精神状态、出色的文学作品，热情歌颂婺城经济社会的发展成果。婺城区作家协会积极发挥组织联络作用，婺城的文学事业呈现出大团结、大繁荣、大发展的生动局面。

婺城有一支生机蓬勃的文学创作队伍，老、中、青三代作家共同打造婺城文学的高地。他们中有徐迟报告文学奖获得者李英，《蒋风传》作者汪胜领军的报告文学方阵，有翻译文学的领军人物陈锦章，有冰心散文奖获得者李俏红，乡土散文家柏兰领军的散文方阵，也有在白沙流域放歌的诗人南蛮玉、李英昌、朱德康、陈美云等，小说新秀周玥等青年作家。他们的作品在《人民文学》《诗刊》《文艺报》《北京文学》《星星》《散文》等核心期刊上发表，提升了婺城影响力，唱响了婺城好声音。

在中国共产党建党 100 周年之际，我们精选一批婺城作家的优秀作品，结集出版，反映 100 年来这片大地上发生的沧桑巨变。这些作品以不同的文体、不同的角度展示婺城区发展取得的伟大成就，讴歌建设者们拼搏奋进的精神风貌，抒发婺城人民对新时代的美好向往和追求。

俱往矣，数风流人物，还看今朝。让我们不忘初心，砥砺前行，继续以饱满的笔墨，书写中华民族复兴的宏伟诗篇。

◆ 目录

让百姓做主

——浙江省金华市婺城区琴坛村罢免村主任纪事

朱晓军　　李　英

　　2010 年 1 月,在浙江省金华市婺城区箬阳乡琴坛村,由村民成立的罢免委员会,成功罢免了一名村主任的职务,因为他没有兑现上任时的承诺,这引起国内媒体的高度关注。这是一次村民自治的生动实践;然而,它的故事却鲜为人知。本文将向您描述这一事件错综复杂的全过程,帮助您了解正在走向民主法治过程中的中国乡村。

　　琴坛村是浙西一个偏僻贫穷的小山村,海拔 1000 多米,地势较高,山势险峻,在金华市素有"小西藏"之称。这个村是箬阳乡最偏远的村,村到乡还不通公路,村民去乡里不想走 4 千米山间小道的话,就要兜一大圈,多跑 20 多千米冤枉路。

　　琴坛村像名字一样美,依山傍水,风景秀丽。可是,它犹如分糖果时溜出去的孩子,被时代遗忘了,被财富遗忘了。在经济发达的浙江,像别墅区似的村庄随处可见,琴坛村却还像处于 20 世纪 80 年代似的一片破旧土屋。村民靠卖茶叶和高山蔬菜为生,日子像扎在腰上的裤带一样勒得很紧。穷像一根鞭子,把村民往城市赶,村里三分之一的人在金华地区或经商或打工。

2009年10月下旬,村主任邓士明将一条像飘逸的哈达一样穿村而过的龙潭溪承包了出去,在城里讨生活的年轻人得知消息后不干了。农村自治不等于村主任自治,龙潭溪是村里集体资源,他凭啥擅自将之承包出去,而且承包价还不到其他地方的十分之一?

于是在外的年轻人"杀"回了村,他们要邓士明收回龙潭溪,并要罢免他的职务,重选出让自己放心的村主任……

这座被时代遗忘的小山村犹如落进龙门山地震带,频频发生"地震",震波不仅传到金华市、浙江省,还传遍全国。

在"地震"中,村民掂出了自己手中选票的分量,懂得了选村委会就是选择自己的未来;在城市讨生活的年轻人明白了,不论在城里赚多少钱,都不能丢下自己的家园,要关心琴坛,热爱琴坛,要为她多付出点儿。这些年轻人在村里树立起了威信和号召力,也找到了自己的价值。他们是新版的"我们村里的年轻人"。

一、村里出事了!

2009年10月27日傍晚,一阵秋风扫过之后,天下起了牛毛细雨。

廖祥海赶往东关超市。他没撑伞,让街灯柔和的灯光和蒙蒙细雨尽情洒落在脸和身上。他刚30岁,那张娃娃脸上挂着掩饰不住的稚气,尤其笑起来就像孩子似的无拘无束、天真无邪。此时,他却笑不出来了,愤懑像一把草似的塞在心里。他想借酒浇愁,半瓶白酒下去了,那把草不仅没被冲走,反而像给愤懑注射了一针兴奋剂,使它在血液里奔突起来。

下午,荣海给祥海打电话说,村里出事了,邓士明把龙潭溪给承包了出去,一年才16000元。

荣海姓张,比祥海大 12 岁,不仅是祥海的亲娘舅,还是无话不谈的好友。

琴坛村不大,历史却比美利坚合众国还长,至今已有 400 多年了。全村有五大姓:廖、张、邓、邹、罗。最先来琴坛的是姓邓的和姓廖的,随后才迁来其他三姓。他们都是福建移民,说着福建版金华话,或者说是金华版福建话。后来者居上,现在村里人数最多的是张姓,最少的是罗姓。琴坛距金华市区 45 千米,2000 年前要走五六小时山路才能到安地镇。当时的村主任申小妹说,金华市的一位副市长来村里视察,从安地走到村里就把鞋子走破了。他见这里交通闭塞,村民生活艰苦,下拨了 15 万元,让琴坛村修公路。琴坛到安地镇的公路通了,但到乡里的公路还没通。

村子偏僻闭塞,村民的婚姻只得"自力更生","就地取材"。这么一来,村里亲戚套亲戚,可谓"亲网恢恢,疏而不漏",一竿子打不到,两竿子准搭上。廖祥海跟荣海是亲戚,跟邓士明也是亲戚。祥海的父亲是邓士明爷爷的养子,这样算来士明还是他的堂兄嘞。士明跟现任村支书邓士根也是堂兄弟,在琴坛是"我家的堂兄表弟数不清"嘞。

廖祥海 19 岁就离开了琴坛村,当了几年油漆工,现在跟妹夫合伙在模具城开一家模具公司。因为生意忙,他一年到头也回不了几次琴坛。别看祥海年纪不大,已是两届村支委。琴坛村有 134 户农家,374 人,三分之二的人留在村里。琴坛跟其他经济欠发达的村子一样,留守的除了女人、孩子,就是老人,年轻力壮的没几人。

"两委"成员也分为两地,以邓士明为首的村委会有 3 位村委,驻守村里;以邓士根为首的支委会有 5 位支委,3 位在金华市区,2 位六七十岁的在村里。邓士根也在模具城做生意,另一位支委在金丽温高速公路出口处打工。

荣海还说,承包龙潭溪的 Y 老板在邻镇茶山那边也承包了一条溪,一年 166600 元。

荣海属于"两栖"人,一脚在城里,一脚在村里。他有一辆柳州五菱小货车,在金华的市场门口拉货。一是有车方便;二是老婆和孩子还在村里,回村频繁。他老婆是三位村委之一,村里的消息自然灵通。

"他们的溪比我们的短,河道也没我们的宽。凭什么我们的承包费还不到他们的十分之一?再说,这么大的事邓士明怎么能一个人做主?"廖祥海一听就火了。

"合同签了 28 年。"荣海说。

"开什么玩笑?"廖祥海吼叫了一声。

荣海的话像星星之火,转瞬就在廖祥海的心里燎原了。一年亏 15 万多,28 年亏 420 多万元!420 万元对于一个富裕村来说不算什么,但对于琴坛来说那就是天文数字!再说,这不仅仅是钱的问题,村界内的龙潭溪长近 5 千米,是溪的上游,清澈见底。它是村里的母亲河,村民是吃着溪里的水长大的。他们小时候还在溪里游泳嬉戏,捕鱼捞虾,对这条溪有着不同寻常的感情。邓士明将它以十分之一的价格承包出去,这是对龙潭溪的亵渎,是对琴坛村父老乡亲的污辱和出卖!

琴坛村没有集体经济,山都承包给了村民,这条溪是村里唯一的公共资源。这事要不要管,该不该蹚这浑水,有没有必要操这份心?近几年,祥海的生意不错,赚了些钱,刚刚花六七百万元购进三台数控设备,忙得焦头烂额。他连问自己几遍,却没有答案。

琴坛村虽然不大,可是关系复杂,哪个人身后没有一个家,哪家没有三亲六故?有时得罪一人就等于得罪大半个村子,常常有些事明知不对,也没人站出来反对。他是在金华了,可是他的母亲还在村里。再说,廖、邓两家毕竟还是亲戚,逢年过节两家人还要聚聚餐,吃顿饭。

荣海似乎想到了这一点,在电话里说:"这种情况要是没人站出来的话,以后全村的利益就更没保障了。"

是啊,留在村里的除了老人就是女人和孩子,他们哪个敢得罪村主任?村里的"能人"都在城里"发展经济",没有时间和精力管,也不想管村里的事。这不就等于村里唱了"空城计",村主任想干啥就干啥了?不行,祥海决定召集大家伙商量一下。

"溪滩?他连溪滩都敢承包掉,这么大胆啊!刚当一年多村主任,别的没干,先卖东西了。"张林军气愤地说。

张林军27岁,在城里闯荡五六年了,如今在金华一家投资公司当会计兼跑业务。

"有意见就碰碰面,听听大家的。"张明华不快不慢地说。

张明华是能人。他38岁,不仅脑袋灵光,而且能力强,20多岁就当上了村主任,10年前跑到金华经商,现在是红双喜婚庆广场的老板。能人大抵都有这个特点——消息灵通,是信息的集散地。溪滩承包的事,他两天前就听说了。他不相信,打电话问在村里的老爸,老爸和表哥都是村民代表。老爸说,这事情是有的,他也跟着在承包合同上签了字。"这么大的事情,你也不问一下?"张明华忍不住埋怨老爸一句,也就将它放下了。经廖祥海一提醒,他也觉得是件大事,想商量商量,看看有没有挽回的余地。

金华市区不大,不论是对事儿关心,还是对聚会有兴趣,大家丢下饭碗就跑了过来。

晚上7点半,13位琴坛村的年轻人就聚集在东关的超市。这是村民余金炉开的,租的是邓士勇的房子。

邓士勇是老村主任申小妹的儿子。4岁时,他的户口就迁到了金华市里,在市里读书,又从市里参军。转业后,在中国银行金华分行工作。邓士勇是村子里的城市人,不仅文化水平高,有头脑,有能力,而且还拥有人脉资源。他在这座城市生活了几十年,有同学、战友和同事,还有以各种各样方式结交的朋友。邓士勇就住在超市楼上,廖祥海之所以选择在这里,就想请邓士勇参加,让他这个城里人帮忙出出主意,策划策划。

"龙潭溪被承包出去了,我们怎么不知道呢?"关心此事的村民一见面就抱怨,不是对这事不满,而是感到自己被村里忽略了,有点儿恼火。

"这么大的事儿,没经过'两委'讨论,没召开村民代表大会,也没经过乡招标办公开招标,他邓士明就把合同签了,承包费还这么低,是不是有什么猫腻?"廖祥海说出自己的猜测。

"溪滩是全村人的,要卖也得卖个好价钱,也不能贱卖呀。"张明辉说。

张明辉在金华开了一家电器商店,生意不错,一年能赚二三十万元,在村里人眼里算得上大老板了。

说是"贱卖"显然用词不当,夸大其词,但琴坛村人讲话不讲究准确,讲究的是如何表达自己的感受和情绪,是没人会纠正这种概念错误的。

超市太小,除了货架、货物之外,空间有限,十几个人挤在里边有点压抑,好像这人呼气时,那人才能吸气,影响思路。恰好,外边的雨善解人意地戛然而止,他们把凳子搬到外边,围成一圈,一边喝茶,一边嗑瓜子,开始商量事儿。

"溪滩这不是个人说了算的,那是村里的资源,是祖宗留下来的,不能随便拿出去还承包给别人 28 年。"张明华说。

村民之间说话的分量有时不在于对错,而在于说话者的威望。张明华说话声音不大,却很有鼓动性。

"我们要想办法把这龙潭溪收回来,不能就这样算了!"廖祥海建议。

"让邓士明把钱退回去,把溪滩收回来。要承包也要经过公开、公正、公平地招投标才行,他们的合同无效,作废。"

这些年轻人不同于村里的老人,在城市闯荡多年,不仅见过世面,而且熟悉法制。

"邓士明上任之后什么事都没做,还乱讲话,搞得村里不得安宁,我看趁早把他免掉算了。"张林军说。

张林军说话直言不讳,从不转弯抹角。

聚会的主题可能是一个,动机和想法往往是 N 个,有的想把承包合同废掉,将龙潭溪收回来;有的想发发牢骚;有的想凑凑热闹。这些在外闯荡的年轻人都称得上村里的精英。哪怕知道自己算不得精英,也希望被看作精英。不过,有一点是肯定的,多数人没想罢免村主任,要知道有这一议题的话,也许就不来了。聚会不同于开会:开会犹如龙潭溪,只要不发洪水就会顺着河道流淌下去;聚会是每个人的想法都是一条溪流,流到了一起,说不定在哪儿就会掀起巨澜,甚至决口。大凡政权不大稳定,统治者最怕的就是群众聚会,国民党统治时期许多茶馆酒楼都贴着"莫谈国事",估计也是怕聚会吧。

张林军的话有人称赞,有人沉默,有人开心,有人胆怯。张林军根本就不管其他人是怎么想的,索性竹筒倒豆子似的把自己的想法统统倒了出来:"我们再也不能这样了,不能再对村里的事不管不问了,应该为村里做点什么了……"

"是啊,等我们老了,还得回村呢,那里还是我们的家呢!"张明华接着说。

邓士勇提议成立个组织,就叫同乡会好了。什么叫有头脑?这就是有头脑,让别人的想法顺着自己的河床流淌!在座的人不禁拍案叫好,让邓士勇负责起草同乡会章程。他们已不同于传统意义上的"村民",他们除出身农家,户口不在城市之外,已同城里人没什么区别了,知道与了解的东西不比城里人少。

"我们要把村里那些有志向、有正业的年轻人都吸引进来,每人每年出点儿钱,为村里办点实事!"廖祥海兴奋地说。

大家兴奋地聊到深夜 12 点才散。

次日晚上,大家在世贸大厦张林军的办公室再次聚会,参会人数陡增至 17 人,其中有村支委余根基。这一天,余根基休班,回村看望父母,搭张荣海的车返市里时听说了此事,饭没吃就跑来了。

人无头不走,鸟无头不飞。这次聚会的头一件事就是选举同乡会会长。大家以前就佩服邓士勇,经昨晚之后就更佩服他了,一致推举他为会长,张明辉为副会长。邓士勇是有心人,早已起草好同乡会章程。章程的主要内容:以主持正义、扶贫、扶弱,团结同乡,为村里的发展尽力为宗旨,共同帮助同乡村民致富;会员将尽自己所能上缴会费,每年不得低于 500 元,所交费用用于主持正义、扶贫、扶弱及本会的正常运转;会员做的所有事都是义务。章程在表决后通过。

对做生意的人来说,500 元会费算不了什么,可是对余根基、廖枣红等打工的来说,这可不是小数目。余根基的月工资只有 1200元,加上补贴才 2000 多元。他 40 岁结婚,孩子才 1 周岁,开销很大,另外每月要还六七百元的房贷,还要补贴父母一点儿,一下子拿不出 500 元。他提出分期交付,先交 300 元,等缓缓劲再交 200 元。其他人见余根基都交了会费,没带钱的借钱交了,连平时一毛不拔的人也都痛快地掏出了钱。

不想从她那得到什么,却愿意为她而付出的地方叫家乡。他们相互激励着,感动着……

接下来的议题是罢免村主任。邓士勇说:"这好办,回去把他的公章收回来就行了。"

"不妥吧,村主任是行政官。我们得给乡政府打报告,让乡里把他撤掉。"有人不同意地说。

廖祥海和张林军上网查过，没查到罢免村主任的办法，只查到几则报道，了解到罢免远比选举复杂，要成立罢免委员会，要村民投票表决，许多村子折腾了一番还没成功。但这两人可不是"杀猪不吹——蔫退"的主儿，敢想敢为，所以不论成败都要走一遭。

邓士勇起草罢免申请书，众人纷纷提供罢免理由。

"他的村主任当得不称职。事情呢不做，村庄整治到现在都没有搞上去，在乡里排名都倒数了……"

"他带人查了一年多的账，误工费就花了好几万……"

"他把村里的礼堂无偿让给邹旺根的小姨夫搞来料加工……"

邹旺根是村委，是邓士明的得力助手，也是张林军的亲娘舅。他们舅甥本来关系不错，自从邓士明当选村主任、邹旺根当选村委之后，他们之间的分歧越来越大，关系也越来越僵。

"他阻挠修筑琴南公路，叫几个无知的妇女躺在挖掘机下边，还煽动几个年纪大的人，睡到挖掘机上，想获得高额赔偿，搞得至今村里到乡里的公路还没有通。"

写这种材料对邓士勇来说是小菜一碟，唰唰唰，很快就写完了。他将大家的意见归纳整理，概括为如下申请。

琴坛村两委罢免申请

箬阳乡人民政府：

我村村主任邓士明因不顾村集体利益、未走正常程序出让村集体资源，极大地损害了村民的利益，有出卖集体利益的事实。加上上任后不做实事，只停留在无根据的事上，管理混乱，使全村处于不断的争吵当中……现村民按序联名特提请上级部门批准罢免村主任及部分村委，并同时提前进行改选。

特此申请

琴坛村民　联名：

廖祥海和张林军率先签字画押。

有人傻眼了,这白纸黑字按下鲜红手印,将来想反悔都来不及。邓士明和邹旺根等人要知道自己背着他们参与和策划了罢免,在村里的家人还有好果子吃吗?内幕,什么内幕,内幕只是媒体吸引眼球的字眼,中国还有多少内幕可言?有人扎牢过口袋,没人扎牢过嘴巴。今晚的聚会,谁说了什么,说不定明天邓士明他们就知道了,也许今晚散会不一会儿就知道呢,指不定谁要倒霉,倒大霉!

邓士勇提议起草一份承诺书,承诺同心协力、共进共退。为防止有人违约,承诺书加了一条:"为树立个人信用,特此承诺;如有违反,即通过媒体向社会公布。"最后,每个人都在自己的承诺书上签了字,按了手印。

邓士勇举着承诺书对大家说,有了承诺就谁也不能退出,共同坚持到底。谁要是退出,谁要是出卖我们,或做了对不起我们的事情,我们就把这张承诺书贴到村里去,叫他没法做人!

二、村主任邓士明

琴坛村依山傍溪,土坯的农舍从溪北的水泥路旁错落有致地叠到半山腰,远远看去居然有点布达拉宫的味道。溪滩里的水不舍昼夜地流淌着,溪面点缀着的一块块被水打磨得光滑的巨型鹅卵石,是一道迷人的风景。琴坛村两侧的山峰上耸立着一对石人,一个头上盘着发髻,像一孕妇;一个挺胸直背,遥望苍天,都不失真人风度。它们相对而立,长相厮守。有人说,"茶圣"陆羽带着妻子寻访天下名茶,途经琴坛口干舌燥,向一老妇人讨水喝。老妇人用自己刚采的茶叶泡了一碗给陆羽,他端茶一闻一品,顿觉眼前一亮,心想:这不就是我要找的好茶嘛!为此,陆羽夫妻就在琴坛村住下了,以种茶、砍柴为生，再也没有离去，最后变成了两尊石人。

邓士明的房子建在溪南，背山朝北，几乎照不进阳光，显得格外清冷。门前有座石桥，通往溪北。山外是深秋，山里已初冬。温和的风刮到山里就像一把被磨得锋利的刀，脾气也暴躁了起来，呼啸着掠过山坡，像老鹰爪子似的将树叶一把把扯下来。山上的阔叶树一夜之间变衰老了，无精打采地垂着。

一大清早，邓士明就坐在门口，望着那条汩汩流淌的溪水，地上扔满烟头。可能因为失眠，他那张饱经风霜的脸看上去比平时憔悴多了。当他下意识地将手指探向烟盒时，却发现烟盒已空，他将空烟盒揉成一团，起身回屋时，突然看见村委邹旺根。

邹旺根看出他没烟了，递上去一支说："士明，城里的年轻人开会要罢免你，我外甥林军也跟着乱搅和。"

邓士明看了一眼邹旺根，满不在乎地说："我早就知道了，他们没那个能耐，瞎起哄而已。"

邹旺根见他没在意，又补充一句说："他们还要收回龙潭溪。"

邓士明说："收回去？没那么容易。我就不信，他们还能翻了天。"

邹旺根说："你老爸当村支书那会儿，穷是穷，可从来就没有这么多烂事儿。"

邓士明说："是啊，是啊。"

他老爸邓作先是当过村主任，但那时不叫村主任，叫生产大队大队长，后来又当村支书。那时村里就穷，他老爸为改变琴坛的面貌，早晨天刚亮就出了门，天黑才走出深山。他先后去绍兴等地参观学习，然后又把专家请进来，经过土质化验之后，选种 200 多亩茶树。他老爸为琴坛鞠躬尽瘁，49 岁就病逝了，引进的茶树至今还在造福琴坛。父亲去世时，公社的干部和大队的社员都来参加追悼会，许多人流着眼泪说，邓村支书是一个难得的好村支书！

世道变了,他老爸那个年代的村干部多么有威信,大事小情都说了算,哪像他这个村主任当得憋气加窝火,这一年到头苦没少受,累没少挨,亏没少吃,那帮在外边捞钱的年轻人还不满意,还要罢免他。

邓士明是在2008年4月换届选举时当选为村主任的,这既出乎意料,又在情理之中。

最初海选出来的候选人有两位:张新德和张清福。这两个人能力和威望都不差,张新德土改时当过儿童团长,后来又担任公社团委副书记、琴坛大队大队长,改革开放后,当过一届村主任,遗憾的是他已68岁,年近古稀;张清福当过近30年的生产队长,无论是魄力、能力,口碑还是都不错,可惜他已66岁了。乡政府规定,60岁以上的村民不能再当选村主任。于是,邓士明被增补为候选人。

邓士明在兄弟中排行老二,大哥邓士品在乡小学教书。琴坛村穷是穷,可是特别注重知识,看重读书人,再加上年轻人都曾经是邓老师的学生,年老的亦曾经是邓老师的学生家长,所以他在村里特别受敬重;二弟是狱警,在监狱任执法大队大队长;三弟阿贵是金华一家大公司的副总经理。邓家兄弟四人,只有邓士明书读得少,仍在村里当农民。

选举哪能不拉选票?美国总统大选还要像海鸟筑巢似的奔波演讲。可是,邓士明既没有口才,又没有威望,村里有些人根本就瞧不起他,所以他只好让德高望重的邓老师和受人敬重的三弟阿贵出面了。

邓老师挨家挨户为邓士明做工作,诚恳地对乡亲们说,让士明当村主任吧,我们兄弟都在外面,就他一人还在村里。

有人认为,邓士明单纯实在,想啥说啥,没有弯弯绕,人也不坏,做事较真。再说,反正琴坛村也是贫困村,想发展连门儿都没有,这么个村主任谁当还不都一样,士明要当就给他当吧!也有人认为,他根本就不适合当村干部,一是能力比较差;二是做事没头脑;三是爱乱讲话。有一家单位到村里扶贫,他愣是在村口把人家拦住说:"你们以后不要再来了,你们的扶贫款都进了村干部的口袋。"

有人直言不讳地说:"邓老师,你大弟是当不好这个村主任的,如果你要来当,我们百分之百同意。你大弟没文化,说话又粗鲁,再说连个组长都没当过,怎么当村主任呢?"

廖祥海说得更干脆:"他这个人根本就不是当村主任的料,什么能力都没有,不要说当村主任了,能把自己的家管好就不错了。"

多数人都给邓老师面子,张明华、余根基不仅答应投邓士明的票,还帮忙做工作。张明华对关系不错的村民说,让邓士明当吧,我都支持他了,你们还不支持?余根基劝大家,我们就相信邓士明他们兄弟几个一次吧!

邓士明在竞选中说,村里每年都有扶贫款进账,上届村主任干了三年,村里却一点儿变化都没有,那些村干部肯定有经济问题。如果自己当选,先把账查个水落石出,然后一心一意把村子发展起来。他的竞选承诺更是出手不凡,深得人心。他表示当选后要"以'公开协商'的原则处理财务,做到村务公开、财务公开,村中大事征求广大村民意见,由村干部集体研究决定"。他承诺为村民办两件实事:一是每人每年20元的合作医疗款由村财政支付;若村经济有困难,由本人向外界讨;若仍得不到扶助,由本人为村民支付。二是树立敬老扶贫的村风,每年年终对年满60周岁以上的村民进行慰问,对受天灾人祸、生活困难的村民做力所能及的帮扶。为了表示自己的诚意,在选举之前,他把竞选承诺打印出来,分发给村民。

他的竞选承诺出自邓老师之手,集中了两代人的智慧。"公开协商"原则是邓士明的堂叔提出的。堂叔退休前是乡干部,认为村民比较看重公平、公开、公正的原则。替村民交合作医疗款是邓老师的主意。琴坛村三分之一的村民在外地,每年村里这笔合作医疗款就要支付六七千元的差旅费和误工费,全部收上来的话也就 8000 多元钱,还不如村里直接支付。村里的账面上有 20 多万元的扶贫款,足以支付这笔钱,所以承诺的"村经济有困难,由本人向外界讨;若仍得不到扶助,由本人为村民支付",不过是个姿态。

琴坛村的村民文化水平较低,忽略了前提条件,理解为邓士明当了村主任,每人每年的 20 元合作医疗费就不用自己交了,村里交不上,他邓士明交,他邓士明没钱交,那么就用邓老师的工资交。邓老师每年的工资怎么也超过 8000 元钱吧?在经济发达地区,20 元钱算不了什么,而对于琴坛村民来说,这 20 元钱是绝对不能不当回事的,一人 20 元,一家六七口人那就是 100 多元呢,三年下来就是将近 500 元呢。

竞选村主任不但是邓士明的事,也是邓氏兄弟的事,是邓家男女老少的头等大事!邓士明要是当选村主任,往大了说,邓家的父子都当过村主任,对琴坛村做出了应有的贡献;往小了说,子承父业,邓士明给老爸争了光,邓家在村里的地位得到提升。对在琴坛村的老妈来说,其他三个儿子再风光也是村外边的事儿;邓士明当了村主任那才是村里的风光,真正的风光!

选举的那天,邓老师和阿贵都回了村,站在投票的礼堂门口,对村民一一说:"支持士明一下吧,我们是不会让大家吃亏的。"

邓士明大获成功,全村 339 名选民,他获得 298 票,高票当选!

张明华和余根基把家里人的选票都投给了邓士明。廖祥海和张林军没有回村,委托父母投的票,至于父母投给了谁,他们也不清楚。听说邓士明当选后,张林军嘲讽地说:"傻瓜一样的人也能当村主任了,这回村里要有苦头了,想发展就更难了。"村民都清楚,他们的票不是投给邓士明的,而是投给邓氏兄弟的,确切点说是投给邓老师和邓副总经理的。他们并不指望村主任带领大家致富,他们寄希望新选出来的当家人能够从外边多讨点扶贫款,大家都跟着沾沾光。他们相信邓老师和邓副总有这个能力。

新官上任三把火。邓士明首先是查账,想彻底清查,任何蛛丝马迹都不放过。没想到花去数千元差旅费和误工费,却没有一个结果。张明华生气了:"他动不动就查这账,查那账,他又不是反贪局的人。村里过去给前来扶贫的单位送几斤茶叶,几斤牛肉,他也要去问一问,查一查。搞得我们村形象很差,谁还来扶贫?他这个村主任是傻子,用农民的话讲就是二百五,脑子不大清楚,这种人还能做事情?跟他都没法交流了。"

张林军说:"他们拿着审计报告对我外公外婆说,上届村委会多收了他们 1450 元的修路费。我外公气得要跟上届书记和主任拼命,外婆天天去骂他们,跟他们要钱。我对外公说,村里欠不欠你的,你自己还不清楚?那个审计报告前三页有公章,后边的十五六页没有章,一看就知道是邓士明他们自己订上去的,我在公司当会计还看不出来?人往往就是这样,说少收了你的钱,你肯定不相信;说多收了你的钱,你一定会找他算账。我外公外婆总认为是多收了他们的钱。我怕他们气坏了,就掏出 1450 元钱,对他们说,村里多收的钱呢,让我给要回来了。我外婆高兴得一个劲地说:'我的外孙事情办得好!'你说,他那个村主任当的,不干正事,尽制造矛盾。"

乡里搞村庄整治工程,要求村里先垫款施工,然后乡里再拨款,由于种种原因也没有启动,村民们不满意。乡里修琴南公路,解决琴坛村与箬阳乡不通公路的问题,因征地赔偿,邓士明领部分村民阻挠而搁浅。收合作医疗款时,村里没替村民交,邓士明也没付,最终还是向村民收的,村民怨声载道。

邓士明没想到几把火没烧好,反而燎了自己。山里人是看重承诺的,合作医疗款是他的一块心病。一天,阿贵和 Y 老板聊天说起了龙潭溪,Y 老板很有兴趣,想承包下来搞漂流。老板到琴坛村考察后,表示愿意每年出 16000 元承包费,承包 28 年。他准备投资 3000 万元,在琴坛村搞旅游开发。邓氏三兄弟喜出望外,这笔钱支付医疗合作款绰绰有余了。邓士明上任后,村里人想承包龙潭溪养鱼,每年交给村里 800 元钱,他没同意;村外有人想搞漂流,每年交 2000 元,他嫌承包费太低,也没同意。Y 老板出 16000 元,这是 800 元的 20 倍!

2009 年 10 月 16 日晚上,邓士明、邹旺根和 Y 老板来到礼堂,通知村民代表来开会。邓士明拿出溪滩承包合同说:"这个合同你们看一下,满意了,对老百姓有利了,你就'盖章',觉得没利就不要'盖章'。"

村里人管摁手印叫"盖章"。村民代表看过合同后,没有异议,于是就摁了手印。

老板掏出中华烟说,我就不一支支地递给你们了,每人一包,拿去自己抽吧。说罢,发给每位代表一包烟。邓士明追问一句:"你们没意见了,我的章就盖上了!"

他说的章指的是村委会的公章。见大家没意见,他在合同上盖上了公章,交给 Y 老板一份。接着 Y 老板交付了第一年的承包费 1.6 万元。不知邓士明他们是疏漏,还是有意遗漏,村民代表没有全部通知到,20 名村民代表来了 17 名,还有 3 个代表没通知到,其中之一就是邓士勇的母亲申小妹。在村里,申小妹算得上既有政策水平又有头脑的人物,担任过村支书兼村主任。她要到场的话,琴坛的这段历史也许要改写了。申小妹说:"我要是去的话,肯定会反对的。邓士明他们知道我会反对,所以就不让我参加。承包龙潭溪必须经村两委讨论通过,要请示乡政府的;另外,1 万元以上的项目,要由乡政府组织招标。我当支书和村主任时,村里建两个水坝,那都是乡政府组织招标的。邓士明这人没有知识,没有能力,嘴巴乱讲话。他的话很多,没做的先讲出去,又不实事求是,可是河道承包,这应该讲的呢,他又不讲了。"

邓士明做梦也没有想到,这一纸合同居然成为村民要罢免他的导火索。

三、村里村外的冲突

2009 年 10 月 29 日,四辆车浩浩荡荡地开进琴坛村。廖祥海、张林军、张明华、余根基、张荣海等 16 人出现在村口。这些年来在外边的年轻人平时很少回来,更没有这样成群结队回来过,哪怕过年都没有,琴坛村震动了。他们的父母闻讯赶来了,乡亲们也围了过来。

没有不透风的墙,尤其是农村的土墙。廖祥海他们成立同乡会,要罢免村主任的消息早已像深秋的落叶刮得满村都是。落叶是没有生命的,从树上飘落时多大就多大了;传闻生长在舌头上,是活的。传闻在村东头是松针的话,哗啦哗啦地到村西头就可能变为巴掌大小的梧桐叶。村民的想象力和创造力是丰富的,他们不追求准确,但追求生动,追求如何充分地,甚至有点夸张地表达自己的思想和情绪。有村民说邓士明查账花掉差旅费和误工费好几万,那绝不是说花掉了 1 万元、2 万元,或者 3 万元,那是相当于说花掉老鼻子钱了,可能是三五千元,也可能是六七千元;有村民说邓士明把龙潭溪给卖了,那也不是真认为他就是卖了,而是表明对他的做法的反对。可以想象"同乡会""罢免村主任"这两个关键词从村头刮到村尾会是什么样子。

廖祥海他们回村是征求所有村民意见的。他们认为罢免申请最起码要有一半以上的村民支持才能有效。要取得半数以上村民的支持可不是一件容易的事。百姓就是百人有百个想法,是难以统一的。

尽管许多村民对邓士明不满意,怨怼不已,可是未必想罢免他;即使有意罢免他,也未必会在罢免申请上签字画押,而是希望别人来罢免他,自己坐享其成。也就是说,他们只同意而不支持。廖祥海他们商量来商量去,认为应先争取在市区的三分之一村民的同意和支持,再通过他们向村里的亲朋好友渗透,最后再回村争取其他村民的支持。

廖祥海、张林军早晨起来就坐着张荣海的车在市区转悠。他们先拜访了在农贸市场卖炒货的老余。老余50多岁,是村里来金华经商最早的人,如今不仅买卖做得大,而且朋友很多,在村里是位举足轻重的人物。老余和邓士明兄弟关系不错,跟承包溪滩的Y老板也是几十年的朋友。Y老板去琴坛签承包合同就是他陪着去的。廖祥海开门见山地跟老余讲明来意,然后虚心讨教:"您作为前辈,对这事有什么看法?"老余也是爽快人:"起草合同时,我提醒过邓士明,这样做是不是太草率了? 至于罢免村主任的事,我不参与,既不支持你们,也不支持他。"

廖祥海等人如释重负地舒口气,幸好老余保持中立,他若反对的话,恐怕真就没戏了。

听说,同乡会小邹的父亲和叔叔进城来帮助他装修房子,廖祥海他们以为小邹都签字了,老邹肯定会签字的。没想到老邹看了罢免申请后,冷若冰霜地说:"我不签。"

"为什么呢?"廖祥海不解地问道。

"还为什么?"老邹恼怒地看了看这三个年轻人说,"要知道我们在琴坛走路都要低着头。在琴坛,谁能斗过他邓士明? 他跟书记打架那天,村里有三十多人聚集在他家,商量怎么对付书记,让书记赔钱,让书记坐牢。你不想想,在琴坛哪个人能召集那么多人,而且事后又不走漏风声? 你们也不想想,你们几个哪个吃得消他邓士明?"

廖祥海、张林军、张荣海被说得一愣一愣地。他们长年在外,对村里的情况知之不多,没想到自己从来都瞧不起的邓士明会出息成这样,在村里会如此有势力。可是事到如今哪怕是鱼死网破也要做下去。他们从小邹家出来,强鼓勇气一家家跑下去。还好,在市区的村民绝大多数支持罢免,少数人认为溪滩承包得不合理,把合同收回废掉就好了,没必要罢免邓士明。个别村民表示不想对此发表意见。廖祥海他们明白,他们是反对罢免的。

下午三四点钟,廖祥海一行就把市区跑完了。同乡会立即开会,研究下一步怎么办。大家看着罢免申请书上的 100 多个红手印,不禁信心满怀。他们算了一下,再加上同乡会在村里的亲朋好友,差不多够半数了。

"我们立即回村,今天就把字签完。"有人十分乐观地说。

"在市区的这些人素质比较高,也不像村里人那么怕邓士明。村里的人怕是签了字也会变卦,天天都在邓士明的眼皮底下,只要邓士明说几句好话,承诺点什么,或者送点儿什么东西,他们估计就会反悔,就会不认账,甚至说是我们逼他签的。"廖祥海不放心地说。

有传闻,邓士明三件东西不离身:手机、村委会公章和数码相机。村里的大事,打电话问哥哥和弟弟。公章用塑料布包着,需要村委会和支部盖章时,支部不盖章他不盖;支部盖章时,他掏出相机立照为证。

"邓士明有照相机,明华有摄像机,我们把签字过程拍摄下来,还怕他们不认账?"张林军说。

这位 80 后圆圆的脸,戴着一副黑框眼镜,有时像孩子似的有几分顽皮,但做起事来有板有眼,稳稳当当。

于是,他们 16 个人带上张明华公司的婚礼摄像师,回到琴坛村。廖祥海觉得这是一个难得的机会,对乡亲们说:"各位乡亲,我们这次回来是想征求大家对罢免村主任邓士明的意见。邓士明当选村主任之后,不仅没有兑现自己的承诺,还不经过全村村民同意,把龙潭溪承包出去了……”

“他竞选村主任时说替我们交医保,结果赖掉了。”有人不满地说。

“过河拆桥,没诚信就该下台!”有人迎合道。

“把龙潭溪承包出去了,谁晓得他从中得了多少好处!”

村民们是大路边上打草鞋——有的说长,有的说短。有的村民担忧的是溪滩包出去了,溪那边山上的木柴、毛竹和茶叶怎么弄过来。总不能对人家说:“你的漂流停一停,让我把毛竹拿过去。”

有人对廖祥海他们说:“你们这帮人在城里发财了,房子、车子都有了,还来管村里的闲事,是不是刮燥了?”

刮燥是当地方言,意为吃饱了撑的。

“乡里乡亲的,谁当皇帝都一样,弄点事端出来干啥?这样折腾对谁都没好处。”

“是嘛,手捧苞谷棒,除了皇上就是我。七主意八主意,吃饱饭就是好主意。”

反对者是少数。不过,这些话让年轻人感到很不舒服。你以为我们爱管闲事咋地?我们每人出500元钱,用来帮助村里;我们或丢下自己的生意,或请了假跑回来,不就是为你们这些村里人的切身利益么?否则,我们折腾个啥,邓士明当不当村主任,跟我们又有多大关系?真是皇帝不急太监急!

村支书邓士根匆匆赶过来。廖祥海他们找过老余之后,邓士根就接到 Y 老板的电话:“邓书记,你在村里有威信,叫那帮年轻人不要搞了,不要罢免邓士明了。我承包龙潭溪,承包费虽说少了点,但我不会让你们村吃亏,我要投几千万发展旅游业,游客多了,你们村就富起来啦。”

邓士根扬扬手,围聚的村民散去了。他不是来制止廖祥海他们的,是怕他们与邓士明等人发生争执,导致肢体冲突。他把廖祥海等人拉到一边，问清楚情况，忧虑地说："这可是大事，有没有把握啊？"他像问廖祥海，又像在问自己。

"现在看来，应该没问题。"廖祥海挺有信心地说。

"事情恐怕不会这么简单吧？这件事你们可要慎重啊！"邓士根还是不放心。

廖祥海他们开始走访，征求意见。有的村民用那树根似的手分别在三份罢免申请书上签了自己和家人的名字，又在每个名字上摁下鲜红的手印；不认字的村民请别人代笔，然后认真地摁上手印。有的村民恐惧不安地叮嘱道："你们做了就要做到底，否则你们在市里的没事了，我们在他眼皮底下就要倒霉了。"

若不是信任，这些平日胆小怕事的村民怎么会签字摁手印？廖祥海他们感动了，无论如何也不能对不起这些父老乡亲！他们让这些年轻人看到了琴坛的希望，年轻人让他们看到了琴坛的未来。

"请放心，我们要是搞不好的话，过年也没脸回来了。"张林军说。

摄像师忠实地将村民签字的情景完整地拍摄下来。

没走几家，张明华的手机响了，又是 Y 老板："明华，听说你们回村了？想把溪滩收回去，把邓士明罢免掉？不要那么不上（让）道，大家都是熟人，你帮我，我帮你，多好。"

"不是我要搞的，是我们村大多数村民对合同有意见。"张明华争辩道。

张明华跟 Y 老板认识 20 多年了，过去 Y 老板做木头生意，有时到琴坛采购木头。如今人家已是大老板了，相形见绌，张明华和他的联系也就少了。

"他们能兴多大的浪？只要你不领头，他们什么事儿也做不成。"

"这次不是我领头的。我们也不是为你承包的溪滩，主要是这个村主任不做事情，村庄整治也不搞，不干实事……"

Y 老板见张明华不买账,又拨通邓士根的电话。

"这是他们自发的行动,跟我没关系。"邓士根推脱着。

"谁不知道你跟邓士明有矛盾?你们好歹也是堂兄弟,都是一家人嘛。你就不要在背后策划这事啦,搞倒邓士明,你也没什么好处……"

"我邓士根不是这么卑鄙的人。我最后说一遍,这事跟我无关。不过,我认为这些年轻人做得对!"邓士根打断 Y 老板的话。

他与邓士明有过节,所以是"黄泥落裤裆不是屎也是屎了",这嫌是避不了啦。

"你们要是不停止罢免行动,别怪我不客气,别说我让你在金华待不下去,在模具城混不下去!"Y 老板气恼地说罢,挂了电话。

廖祥海等人没理会 Y 老板的威胁与恐吓,继续一家一户地争取村民的支持。太阳快下山时,他们走到位于村中心的礼堂附近,这意味着他们已走访了一半。突然,邓士明领着邹旺根、邹福根等几个人冲了过来。邹福根一把就将摄像机夺过去,摄像师吓得急忙将摄像机抓住,两人都不撒手,僵持在那里。邓士明他们不仅要抢摄像机,还想抢廖祥海他们手里的罢免申请。

"你凭什么抢我们的摄像机?"廖祥海质问道。

同乡会其他人不敢上前抢夺摄像机,怕把摄像机弄坏了。

"你们假冒记者,没经许可私自拍摄!"邓士明厉声喝道。

"把他们的摄像机砸了!"邓士明那边的一个村民喊道。

"我们不是记者……"摄像师更不敢撒手了,死死地抱着摄像机解释道。

"不要以为有一点蛮力就嚣张,这东西不是说砸就能砸的,砸了是要赔钱的。"余根基警告道。

他嘴里这么说,心里很害怕。这几个村民除了邓士明的家里富裕点,其他的都是贫困户,真要把摄像机砸了,他赔不起你也没办法。

"你们没经过我们同意就拍摄了我们和我们的房子，这是违法的。你们必须把拍摄的东西毁掉，否则就不给你们摄像机。"邓士明强硬地说。

"我们没拍你们，也没拍你们的房子，拍的是证据……"摄像师说。

"那你就放给我们看看，我们看过就还给你们。"

许多村民的心一下子提到了嗓子眼，尤其是那些上了年纪的老人吓得不知如何是好了。他们签字、摁手印的情景要是让邓士明看到了，那还得了？

"如果你把承包溪滩的合同收回，把钱退还给 Y 老板，我们就把摄像机拍的删除，把罢免申请撕毁，你还当你的村主任。"廖祥海见此，只得让步。

"这个合同我不会废掉的，又不是我一个人做的主，有村民代表盖章的，有本事你们就把我这个村主任罢免掉，让我去坐牢好了！"邓士明寸步不让地说。

瞬时气氛剑拔弩张，火药味很浓，双方随时都可能打起来。邓士明见自己这边仅三五人，对方有 20 来人，可能想到真要是打起来未必能占到便宜，于是掏出手机拨 110 报警。

当警察从 30 千米外的派出所赶到村里时，夜色像浓墨泼染了天空，摄像师、邹福根的手和胳膊早已麻掉了。警察从他们手里拿过摄像机，让双方各派一名代表去派出所，如果检查发现有违法内容则删除，然后将摄像机还给那个倒霉的摄像师。双方都没派人去，警察只好将摄像机带回派出所。

邓士明等人走时，威胁道："你们这些人到不了金华，半路就会被拦住打死！"

半夜，廖祥海他们在回金华的途中绕到派出所，取回了摄像机。警察没发现有违法内容，拍摄的内容也没有被删除。同乡会这次行动虽然受挫,可是战果丰硕,罢免申请上已有 183 枚鲜红的手印！支持罢免的村民已经过半,估计邓士明的村主任已是兔子尾巴——长不了了,大家不禁欣喜不已。

次日一早,廖祥海、张林军、余根基坐着张荣海的车赶到箬阳乡政府,把盖有 183 枚手印的罢免申请书递交了上去。乡党委对这事很重视,立即安排党委副书记陶顺法接待了他们。陶顺法看了一眼罢免申请就皱起了眉头,半晌没有言语,墙上的挂钟不紧不慢地走着,秒针那"咔咔咔"的声音像是踩在廖祥海等人的心上。

"这个东西没用,抬头就错了,"陶书记说,"不应写'琴坛村两委罢免申请',应写'村主任罢免申请'。"廖祥海猛一拍前额,罢免村两委指的是罢免村委会和村支部委员会！

"罢免村主任不要说我们乡,就是婺城区,甚至金华市还没有先例。"陶书记说完,上网搜了一下,找到了《中华人民共和国村民委员会组织法》,对他们说:"你们看第十六条规定:'本村五分之一以上有选举权的村民联名,可以要求罢免村民委员会成员。罢免要求应当提出罢免理由。被提出罢免的村民委员会成员有权提出申辩意见。村民委员会应当及时召开村民会议,投票表决罢免要求。罢免村民委员会成员须经有选举权的村民过半数通过。'"

廖祥海、张林军等人这才明白当初完全没必要回琴坛找村民签字,市区签字的村民已超过五分之一。同时,他们也清楚了,罢免没有自己想得那么简单,他们现在只是万里长征才走完第一步,以后的路还很长。陶顺发说,《中华人民共和国村民委员会组织法》讲得比较笼统,让他们去咨询一下婺城区民政局。

他们在区民政局了解到罢免申请书不是交给乡政府,而是交给村委会,也就是交给邓士明。邓士明接到申请后,在一个月内依法启动罢免程序。他们在区政府又查到《关于资金资产资源的管理规定》

和有关法律法规,得知河道溪滩为国有资源,开发承包利用需经国土、水利等有关部门审查批准,并且农村所有处置变现资源,必须召开村两委会、村民代表大会或全体村民大会通过。如果标的在 1 万元至 20 万元以内的,必须进入乡招投标平台,20 万元以上标的必须进入区招投标平台进行招投标。

四、被邓士明吓得屁滚尿流

2009 年 11 月 8 日,廖祥海、张林军、余根基等 8 人回村递交罢免申请。

按理,递交申请实在没必要这么兴师动众,随便一个人回来就行了。可是,自摄像机事件后,提起邓士明谁都有点儿发怵,不肯回村递交。他们商量来商量去决定集体行动,凭着人多,相互壮胆。另外,有人已放出了风,说同乡会里肯定会有人倒霉。言外之意,邓士明不全部收拾,要从中选择一两个来收拾。收拾又不是摇奖,谁愿意成为这一目标? 要想不被收拾,那就不能出头,就得猫在人群里,不显山不露水。递交罢免申请,这无疑是出头露面的事,弄不好被邓士明当成领头的,岂不就被收拾了?

这段时间还发生两件令人震惊的事,一是同乡会内部出现了"奸细",这边刚开完会,对方就知道了内容,搞得他们特别被动;二是当初说"如果谁退出或出卖我们的,或做了对不起我们的事情,我们就把这张承诺书贴到村里去,让他没法做人"的会长——邓士勇退出了。

在廖祥海心目中,不论谁退出,会长邓士勇也不会退出。同乡会是在他的倡议下成立的,同乡会的章程是他起草的,承诺书上的许多条款也是他提出来的。没想到,廖祥海等人去乡里递交罢免申请的那天,他发现邓士勇在电话里有点儿不对头,于是让张荣海去中国银行金华分行找邓士勇,问他同乡会下一步怎么办,让他再想想办法。邓士勇对张荣海说:"你们不要罢免邓士明了,不会成功的,也不可能成功的。"他还说:"这件事情我不参加了,你们也各自想好自己的后路吧!"

同乡会开会,邓士勇说参加。结果,他们十几个人从晚上7点等到10点,邓士勇都没到。打电话,他不接,最后发来一条短信:"你们不要搞这个事情了,都想想自己的后路吧。"这犹如晴天霹雳,同乡会所有成员都蒙了,邓士勇的退出肯定是有原因的。这原因是什么,接下来将会出现什么? 他们不知道,唯一知道的是他的退出,意味着成功希望渺茫,危险随时都有可能出现。

有些人也动摇了,想打退堂鼓了。邓士勇是同乡会里最有实力的一位,他都不敢干了,别人干那不是拿鸡蛋往石头上撞吗?邓士勇只有妈妈和姐姐在琴坛村,他的户口和组织关系都在市里,琴坛村是不能把他怎么样的。他的老妈申小妹当过支书兼村主任,在村里很有威望,没人能把她怎么样。即便如此,邓士勇都吓得不敢再参加同乡会的活动,可见遭受的威胁有多么大。邓士勇的态度对同乡会是一重创,犹如在每个人的头上泼了一瓢冷水,把大家的热情浇得七零八落。

怎么办? 廖祥海、张林军等几个人商量。张林军态度决绝,不管谁退出,他都要干下去,干到底。廖祥海表示,不能辜负那些签字画押村民的希望,不论多么艰难都要走下去。可是,出头露面的人越来越少了,几乎所有的事情都落在廖祥海、张林军、余根基、张荣海的身上。为改变这一现状,他们决定这次采取集体行动。

在哪儿递交罢免申请,怎么递交? 他们商量了一番,邓士明的家是断然不能去的,在路上递交又有失郑重,最理想的地点是村委会办公室。那谁把邓士明约到办公室呢? 有一点谁都清楚,在这八人当中,邓士明最恨的肯定就是约他来的人。最后,这副重担落在了余根基的身上,他拨通邓士明的电话:"士明,你在哪里?在山上砍柴?那么请你下来一下,我们找你有事,在村委会办公室门口等你。"

邓士明清楚余根基是同乡会的骨干,找自己肯定没有好事。管他呢,伸头是一刀,缩头也是一刀,干吗不去?不去就等于示弱,去!他把柴刀别在腰间下山了。走到家门口,他想把柴刀放回家,洗把脸再去见余根基。他家在溪南,村礼堂在溪北,门前有座石拱桥,只要过桥东行几十米就到村礼堂。村委会办公室就在礼堂边上。当邓士明走上拱桥时,突然看见礼堂门口有十来个人,于是踌躇了片刻,结果改变了主意。同乡会内部有人给他通风报信,说廖祥海他们想用车轮战术,要把他的脑袋搞糊涂。他清楚自己没他们有文化,脑筋转不过他们,怕给搞糊涂了。一糊涂就会收下罢免申请,一收下来就得启动程序,那就等于用自己的刀削了自己的把,傻瓜才能这样干。他要是过去了,他们给,他不收,弄不好就得打起来。俗话说,"好虎架不住一群狼",他们十来个人,自己只身一个,吃亏的肯定是自己。他想报警,转念一想,他们只是约自己见面,又没干什么。

"我不过去了,你们有什么事就来我家门口好了。"邓士明眉头一皱,计上心来,给余根基回电话说道。

人在胆怯时,最好待在自己家。家不仅仅是吃饭睡觉的地方,也是最安全的地方。

廖祥海、张林军等人朝桥对面望望,见邓士明坐在桥头,腰里别着柴刀,身旁还站着他的老妈,胆怯像滴入水里的墨滴,在心里扩散了。

他们相互用询问的目光看看,谁也没说话。过了片刻,廖祥海打电话说:"士明,你过来一下吧,我们有件东西要给你。"

"我不来,要么你们来。你们来我家,我又不会吃了你们。"邓士明坚定不移地说。

邓士明的态度很明了,你们爱过来不过来,不来才好呢,又不是我有事找你们。

与其说廖祥海等人怕邓士明,还不如说怕他老妈。老人已72岁,精神矍铄,特别喜欢护着她的士明,她的士明要是受了委屈,她就会去拼命。她那么大年龄,谁又敢把她怎么样?这还不是廖祥海他们最怕的,他们最怕的是她突然躺在地上不起来,愣说打她了,让你有口难辩。"殴打老人"在这个有着百善孝为先传统的山村可是件大逆不道的事,这样不仅他们"这一小撮"要背上恶名,还会让邓士明赚得同情分。

邓士明死活不过来,他们要是不过去,只有"望桥兴叹"了。他们从金华到琴坛,跑40多千米,因不敢过桥,功亏一篑,岂不让人笑话?廖祥海无奈地说:"没办法,过去好了。"其他人相互看看,没有反对。

总得有人把这份罢免申请书递交到邓士明的手里吧,谁来呢?这既是件小事,又是个严峻的问题。众人面面相觑,沉默无语,只有溪水汩汩的流淌声。廖祥海大义凛然地说:"你们都不想递,那么我来递好了。反正我跟他是亲戚,无所谓的。"

廖祥海说罢,转身向桥走去。其他人也只好急忙跟过去。

邓士明的老妈见突然来了这么多人,怕他们跟士明过不去,于是骂开了:"我的士明又没有吃你的肉,你们这样恨他,这样搞他……"她边骂边用手里的扫帚指着廖祥海他们。她越骂越激动,手渐渐颤抖了,扫帚上的灰尘飘落下来。

"这不是吃不吃肉的问题。我们是对事不对人,你儿子做错了事就要承担后果。"廖祥海反诘道。他担心老人节外生枝,急忙将《罢免申请书》递给邓士明:"这是罢免申请书,你收一下。"

邓士明恼羞成怒:"我不要,我不收这个东西!"

这下坏了,他不收你又不能强迫他收。这罢免申请书交不到他手,罢免程序就没法启动。廖祥海想到此,朝邓士明家走去,想把罢免申请书放在门口的凳子上,赶快撤离。没想到,老人一把拽牢了他:"祥海呀,你就放过士明吧!你把他罢免了,他以后在这村里还过得下去吗?"她说着,"扑通"一声跪在地上。

这阵势,廖祥海还是第一次经历。在山里人看来,被年逾古稀的老人跪拜是件折寿的事情。廖祥海也顾不得这些了,他最害怕的是她已到了桥上,万一掉进溪里,那事情可就闹大了。

"你放开我,我把申请书收回……"廖祥海哀求着,然后慌忙收起罢免申请书,逃也似的跑掉了。

老人哭着骂着,朝这帮年轻人几步一跪拜,吓得他们狼狈逃窜,抱着儿子站在桥上的余金龙没来得及逃掉,被老人抓牢了,惊恐得不知所措。事后,余金龙不满地埋怨道,你们都跑了,把我一个人扔在那儿了。

邓士明怒发冲冠,猛地从背后抽出柴刀,跳着脚骂道:"你们这帮小流氓,到我家门口打我妈,我劈死你们!"

同乡会的人逃到了廖祥海家,邓士明的老妈在后边喊道:"我要住到你们家去,死在你们家里!"

邓士明跟了过来,在廖祥海家门口一个个点名骂了一通。廖祥海蒙了,急忙给乡里的陶书记打电话,问邓士明不收罢免申请书怎么办,可不可以用快递寄给他?

陶书记说:"他不收也没关系,你们交到乡里好了。一个月后,他不启动罢免程序的话,乡政府来启动。"

廖祥海如释重负,经历这些事后才知道罢免村主任有多么艰难。罢免程序还没启动呢,不知有多少坎坷和磨难等在下一个路口。

五、不对等的谈判

深秋的夜空繁星点点,月亮在白莲花似的云朵里穿行着,同乡会的年轻人从四面八方赶往新天地歌厅。这个聚会地点与心情可谓反差极大,大家心事重重,气氛沉闷,似乎有片重如泰山的黑云将要压下来。虽说罢免申请书被视为递交,一个月后,罢免程序将启动,可是廖祥海他们已感到内外交困,步履维艰了。

他们从琴坛"逃"回金华后,琴坛村到处流传:廖祥海的店被砸了。张明华被抓起来了,他的老婆被黑社会吓疯癫了!张林军逃跑了!同乡会的人抓的抓,跑的跑,已经散伙了……

村里有人说,同乡会的那些人一个个都要吃苦头的。

廖祥海的父母吓坏了,慌忙给儿子打电话询问他的情况。张明华的父母也忐忑不安地打电话说:"明华,Y老板在金华很有势力,你可千万不能惹他……你就别再参与罢免的事了。你参与这些事对自己有什么好处?经济上没有回报,还要白搭钱和时间,何苦呢。"

"你不参与,我不参与,村里也就没前途了。大家在一起像捆木头一样,少了谁都不可以。"张明华跟父母解释道。

不仅父母劝张明华,亲朋好友也劝他。想当年,家里穷得读不起书,他十几岁就跟老爸去山上种树,20岁时上山烧木炭,住在山上的茅屋里,连个电灯都没有;22岁承包茶园,采茶的季节,他昼夜不息地忙着炒茶,三四天不睡觉。10年前,他把两个弟弟供到大学毕业,有了不错的工作,自己才出来经商,先后开过快餐店、锯板厂、婚庆公司。如今,他的生意红火,要房有房,要车有车,在琴坛村也算得上个人物了。可是,山外有山,天外有天,跟Y老板相比,他就跟琴坛村的贫困户差不多。亲朋好友都劝他好好做自己的生意,别给自己找麻烦,眼前这一切来之不易,可别失去了。

张林军的父亲打电话说:"林军,你们花这么大精力和力气去搞,又搞不成功,他邓士明家的势力多大啊,你们还是不要搞了吧。"

母亲紧张不已地在电话里说:"林军,村里传说,你们那伙人抓的抓,跑的跑,到底有没有这回事?"

"他们发神经啦?哪会有这种事情呢?别听他们的,他们尽乱讲话的。"张林军生气地说。

母亲接着说:"你舅舅说,我可就这么一个外甥,他这样搞下去,要遭暗算的!你跟那帮小子说一下,不要再搞了,算了吧。"

张林军的舅舅就是村委邹旺根。

"妈,我又不是被吓大的,别理他。他觉得吓唬我们不行就吓你们。妈,你放心,我们这帮人年纪也都不小了,都有老婆有儿女了,也要有尊严的。既然做了这件事情,就一定要做到底。村里那么多人支持我们,我们还搞不好的话,过年都没脸回村里了。那些摁手印的村民都说,这个事情你们要做就一定要做到底,做成功啊,如果失败了,你在金华没什么,倒霉的可是我们呐,我们要天天面对他邓士明的。你说,我们能不做下去吗?"

没过两天,张林军的妈妈又来电话了:"邓老师对我说,'这帮人哪,肯定要有几个人进去的。进去了就不太容易出来了。你们的儿子还好,告诉他,能不去做就不要做了,能退出来就退出来吧'。你们可小心呐,他们想把你们弄进去。"

"妈,你放心好了,你儿子又不干什么坏事,他想弄也弄不进去;你儿子要是干坏事,也用不着他弄,自然会有人把我抓进去的,跟他也不搭边。"

惶惶不安的何止是那些同乡会成员的父母?那些在罢免申请书上签字、摁手印的村民有几人睡得着觉?他们夜晚躺在床上辗转反侧地想,邓士明要是下不了台,自己的麻烦可就大了,不要说他给自己穿小鞋,就是给紧紧鞋带也够自己喝一壶啊!他们越想越睡不着觉,越想越害怕,越想越后悔。于是,爬起来,不管什么时间就拨廖祥海、张林军、余根基等人的电话,忧心忡忡地一遍又一遍地叮嘱:"我们可都在你们的罢免申请上签了字的,你们要是不干了,散伙了,我们可就惨了。"

从村里回来的第二天,阿贵带着 4 个五大三粗的男子到模具城找廖祥海算账。老妈给阿贵打电话说,廖祥海领几个人来,要打你哥哥,劝他们不听,我给他们跪下了才走。你快想想办法吧,再这样下去要搞出人命的。阿贵一听就怒火万丈,廖祥海这小子居然领人去他家,逼得老妈给他下跪,是可忍,孰不可忍?阿贵压根儿就没把邓士勇的同乡会放在眼里,尽管"大懒汉"——邓士勇的父亲是他的堂叔,可是邓士勇在他的眼里也不过是个"小懒汉"而已。同乡会那几个头儿根本就算不得什么成功人士,有的还跟他借过钱,其他那些也不过是虾米了,有的连吃饭都成问题。要成立同乡会也得有自己这样的人物。真正的同乡会,一要为村里服务,二要协调有关部门的关系,哪里会像他们这样,上来先是阻止 Y 老板承包溪滩,罢免村主任,逼得他老妈下跪,这算什么同乡会?

溪滩承包出去有什么不好?一年 16000 元,那是村里人出价的20 倍!再说,Y 老板准备在琴坛村投资几千万搞旅游开发,将来村里的茶叶、粽叶、野生猕猴桃的价格也都上去了,再办些农家乐,村里那些老年人也有事做,村子不就发展起来了吗?自从二哥当村主任后,他们兄弟几个可没少出力,他每年出 5000 元钱慰问村里的老人,给他们送米、白糖和饮料,村里许多文件和材料都出自大哥的手,结果不仅没落个好,他们还要罢免二哥,真是越想越气。

"你昨天领一帮人回村里干什么了?"阿贵闯进廖祥海的店,气呼呼地质问道。

"你那哥哥把我们的溪滩承包掉了,我们要把他罢免掉,给他送罢免申请书去了。"

廖祥海看一眼阿贵带来的人,有的手臂上还有文身。在电影里,只有黑社会才有文身,莫非阿贵找来的人是黑社会的?听说黑社会残忍无度,只要给钱什么事都干,砍下一只手,剁去一只脚,割下两个耳朵。这几个人看上去像影视剧上的黑社会那么凶神恶煞,廖祥海有点抑制不住地恐惧。再看看在一旁的妻子和妹妹,早已吓得浑身绵软,不知所措了。

"你要对这事不满,可以向区里、市里、省里反映,你带一帮人吆三喝四地去吓唬我妈,让老人家跪来跪去,你也太猖狂了!"阿贵毕竟是读书人,想动粗也粗不到哪儿去。再说,他戴着一副近视眼镜,掩饰不住他的那几分文弱,那几分文质彬彬。

"我没让你妈妈跪下。我尊重你,也尊重你哥哥,特别是你大哥,我们都是他的学生。但是,我们对事不对人,不管谁当村主任,做出这样的事,我都要这样做,这是为了全体村民的利益。"

"我告诉你,我妈妈没出事还好,有事的话,你们这几个人飞都飞不走,要你怎么样就得怎么样。我什么世面没见过?到时候别说把你们模具城都给围牢!"

"你想怎么样就怎么样吧!只要合同不废掉,我们还会继续干。"廖祥海看出来了,阿贵不过想吓唬自己一下,干不出打、砸、抢、抄之类事的。

"合同不可能作废的!咱们走着瞧!我警告你,再有一次,我就不客气了!"阿贵可能也发现干这种事不是自己的强项,难以奏效,于是瞪着廖祥海狠狠地说罢,带着人怒气冲冲地走了。

阿贵会不会去找其他的人?廖祥海急忙给余根基打电话:"根

基,阿贵带人到我这儿来过,可能过一会儿去你那儿。你自己要想想清楚,不要害怕,有什么事情大家一起承担。"

余根基说:"邓士明刚给我打过电话了。"余根基刚才接到一个莫名其妙的电话,看来电显示是公用电话,那人没说自己是谁,开口就邀他到离琴坛最近的镇——安地去喝碗酒。他警觉地说,我在上班,喝酒就再找时间吧。那人说,合同的事,我是不能废的。Y老板是有来头的,你们想把我的村主任罢免,那就把你们的本事都使出来吧,那就去区里、市里找关系好了!这时余根基才发现打电话的人是邓士明!

余根基突然想起几天前在沃尔玛超市碰到过阿贵,也是这么说的。阿贵先说:"当初你也是支持我哥当村主任的,也投了他的票,就让他当好了。"

"他要是当得好的话,不仅可以当满,还可以连任。他当不下去了怨不得别人,他自己最清楚。"余根基毫不买账地说。

"你们这样搞下去也是没有用的。你们要是有本事就去市里找关系好了。"阿贵恼然地说。

余根基又想起邓士勇最后说出来的退出理由:"区里的一位领导给我打电话了,让我们不要搞下去了。你们也不要搞了,再搞是没有好果子吃的。"看来这不是空穴来风,对方肯定找过区里领导,他不禁感到一种前所未有的压力。

压力,就像降临的夜色,披着黑色的大氅向这帮年轻人裹来。这时,他们才意识到自己的年轻和幼稚,把事情想得太简单了,没想到现实远远超过了他们的想象力,没想到会遭遇如此大的压力和阻力。张明华说,我们村也是倒霉,出了这么一个村主任,还是我们自己选出来的。现在我们自己还要把他罢免掉。他们开始反思了,反思选举时的草率,没把这个穷得毫无希望的村的村主任当回事,甚至认为村主任好坏跟自己没关系。有的人不回村投票,有的人将选票作为人情送出去了,有的还帮忙拉票。如果不是这样,他邓士明怎么能当上村主任?这怨不得别人,要怨就该怨自己!

人与人是有差别的。有人坚强,有人软弱;有人有能,有人有耐;有人动摇了,有人顶不住了,继邓士勇之后,又有两人退出了。还有人想退出,他们或舍不得离开这个群体,或是碍着面子,只好撑着。摆在同乡会面前的是:罢免行动还要不要坚持下去?许多人犹豫了,毕竟退一步海阔天空,挥挥手把烦恼忘掉,没脸见乡亲父老就少回去,反正平时一年顶多回去两三次。

"做了就要做到底,不能对不起村里父老乡亲的信任。"廖祥海、张林军、余根基等人的态度仍然坚决。廖祥海说:"我们要有点儿当家做主的勇气。"是啊,过去他们太拿自己当外人了,村里的事能不问就不问,能不管就不管,现在该找回自己的责任感了。

聚会选在了歌厅,不仅可以商量事,还可以唱歌。有人唱起了《爱拼才能赢》,其他人就在这歌声中断断续续地商讨着。

"我们决不能半途而废,一定要顶住压力。"张林军说。

"以后再有恐吓电话,就用手机录下来。"张明华建议道。

"他们也就能恐吓恐吓,没什么本事,我们不能退却!"有人说。

"团结不是嘴巴讲出来的,我们要成为一个整体。"张明华讲道。

……

邓士勇退出了,同乡会不能没有会长。于是,张明华被推选为新的会长。

张明华也不谦让,发表就职演说:"大家都要我当会长,这是好事情。今后,我的会费比你们多出 10 倍好了。我们同乡会有事聚聚,没事也聚聚嘛,哪怕谈谈生意,聊聊赚钱也好嘛,14 个脑袋总比两三个好啊。"

张明华想让大家轻松一下，可是谁都清楚，往后的斗争将会越来越激烈，越来越残酷，很可能像村里流传的那样：将来有人倒霉，要吃苦头。在村里人眼里，他们都是个人物；但在金华，他们都算不上强者。只有团结，才有望取胜。廖祥海提出："今后，不论谁遭到对方的报复，被打伤了，打残了，我们要共同承担他的住院费和医药费。"

这种担忧不是没有道理的。一是权；二是钱，大凡涉及这两方面的矛盾冲突都易于暴露出人残酷与狰狞的面孔。几个月后，江西上饶县罗桥街道办横山村村主任周小飞和罗桥街道办党工委书记涉嫌"非法挪用、贪污、侵占、截留50亩被征山林的补偿款60万元"，村民们想罢免周小飞，请求江西饶苑律师事务所主任律师助理冯永忠提供帮助。在冯永忠的帮助下，数百名村民在罢免申请书上按下手印后，冯永忠被陌生男子刺伤，罢免计划被迫暂停。法律专家认为，虽然《中华人民共和国村民委员会组织法》对村委会成员的罢免方式有所规定，可是村民罢免权仍然很微弱。

廖祥海的话得到大家的一致认可。接着，他们每人又签下一份承诺书："琴坛村同乡会再有人遇到上门寻衅滋事，其他成员要及时地赶到现场。如果有人出事，大家要有钱出钱，有力出力，共同承担后果。"

他们被自己感动了。张明华感慨地说："我们琴坛村的人从来没有像今天这样团结！"

过去，不论谁找张明华喝茶聊天他都不反对，可是不能谈村里的事。他说，我不喜欢参与我们村里的事情，我们这个村一直都很不团结。

张林军说："今天，我们看到了琴坛的希望！"

C对廖祥海说："Y老板的哥哥找过我，明天要请我们几个喝喝茶，你也跟去坐坐吧。"

同乡会许多人都认为，C就是叛徒，是奸细，是他给对方通风报信的。在任何时候叛徒与奸细都是最可恨的,敌对双方可以握手言和,叛徒和奸细总要遭受最严厉的惩处。C特别恐惧,据说有人要剁掉他的脚。廖祥海他们同情和理解C,认为假如他真是叛徒、奸细,那也是被逼无奈的,揪出来的话,他恐怕真就没法做人了。他们认为,以后有什么重要的事背着他点儿就是了,都是兄弟,何必把他逼到绝路呢?

廖祥海说:"我跟他是没什么好谈的。你跟明华去吧,看看他们是什么态度。不论他提出什么条件,给什么好处,都不要答应。"

明华跟Y老板的哥哥很熟悉,而且明华有着丰富的社会经验,见过世面,跟各种人都打过交道,关键时进退自如。

次日,张明华、张林军、邓士勇和C如约来到茗士茶楼的一个雅间时,Y老板的哥哥已恭候在那里。这是位遐迩闻名的大老板,有人说,他跺一脚,很多人都得"颤抖"。他想怎样?是震慑、威吓、收买,还是诱惑?张林军心里不禁打起了鼓。他是接到C的电话去的,C可能考虑到他是同乡会的重要人物,具有一定的影响力。邓士勇毕竟是同乡会发起人,Y老板跟他又比较熟,也被邀请去了。

Y老板的哥哥开门见山地说:"大家都是朋友,何必把关系搞得这么紧张?只要你们不罢免邓士明,我可以将溪滩的合同无偿奉还,我的前期投入,比如勘察、规划和设计的费用,一概不要你们琴坛村承担。"

张明华他们惊讶地望着对方,没想到他会退回合同。他在茶山那边投标16.66万承包那段溪滩之后,以1.6万承包了龙潭溪。有人猜测Y老板会为龙潭溪而放弃已交付给茶山那边的10万押金,这样28年下来,将节省421万元。他放弃承包龙潭溪的承包合同就等于放弃421万真金白银呀,怎么肯放弃?

天底下的事情几乎没有多少是板上钉钉的,一切都存在变数。变与不变,怎么变,都掌控在利益的手中。解铃还须系铃人,箬阳乡乡长张士达去找阿贵,希望他想办法将溪滩承包合同收回来,以平息村民的不满情绪。阿贵也担心这样闹下去也许局面难以控制,弄不好二哥的村主任真就没法当,邓家兄弟也就在琴坛村威风扫地了。于是,他对 Y 老板说,为了琴坛村的安定,这一纸合同能不能暂时先拿回去。Y 老板或许同情邓氏兄弟的处境,或许考虑到较起真来那一纸承包合同未见得起什么作用,不如送个顺水人情。这事邓氏三兄弟不好出面,只好由 Y 老板出面了。

张明华说:"这事呢我做不了主,得跟大家商量。"

Y 老板的哥哥说:"你把同乡会的人都找来,我们坐下来商量一下,如果接受这个条件,我当场把合同撕掉。我是宁愿不包溪滩,也不愿你们去罢免邓士明。"

溪滩的承包才导致这场罢免风波,导致琴坛村出现罢免与反罢免的斗争。政治斗争能让敌我双方握手言和,也能让至亲至爱成为敌人。这场斗争深入了琴坛村的家家户户,导致了夫妻反目,父子反目,兄弟反目,亲朋反目……有的夫妻一方支持罢免,一方反对罢免,夫妻俩先是激战,吵得面红耳赤,继而转为冷战,谁也不理谁。张林军为这事跟舅舅邹旺根和堂舅邹福根的关系都空前紧张了。余根基也跟舅舅闹崩了,舅舅和舅妈见了他像是仇人似的。舅舅是村民代表,在溪滩承包合同上签过字,摁过手印。他认为余根基要收回合同,那不仅是跟邓士明过不去,而且还跟他过不去。余根基知道邓士明答应给舅舅办低保,舅舅怕他这个外甥这么一闹腾,把低保给闹腾黄了。余根基还对舅舅说,你有 3 个儿子,吃什么低保啊? 说出去名声也不好啊。舅舅一听更来气了。俗话说:"外甥是狗,吃完就走。"看来的确没错儿。

几天前,余根基他们回村收合作医疗费时,邹福根家人口多,老人长年患病,生活特别困难。他的老婆痛快地掏出 210 元钱交了。邹福根回家知道了,跑过去找到余根基他们把钱要了回去,还大骂道："谁让你来收的？溪滩卖掉的钱你们不让交，你们要拿去花啊？"一个张姓村民也跟着余根基他们身后对其他村民说："你们不要交这个钱，村里会替你们交的。"可是，许多村民都不理他，纷纷表示："我们宁可自己交钱，也不要邓士明把溪滩卖掉来抵。"这些在过去将一块八角钱都很当回事，当初为不交这笔钱而投邓士明的票的村民，肯为溪滩而每家每户交数百元钱，不仅让这些年轻人感动，而且发现这些平时胆小怕事、懦弱自私、随风摇摆的村民内心深处还潜藏着对集体的关心，对村里的爱。

若在前几天，Y 老板这个条件他们会答应的，可是现在情况变了，许多该发生和不该发生的事情都发生了。村民们不仅要收回溪滩，而且更要罢免邓士明了。张林军认为，同乡会应该对那些签字画押的村民负责，接受这一交易就是对那些村民的背叛。他毫不犹豫地说："你来投资，我们欢迎。关于投资的问题，我们是可以谈，罢免邓士明的问题就没得谈了，这件事情肯定要做到底的。"

"等你们把程序走完了，已经到了换届改选的时候了，何必呢？你们应该知道政府的办事效率。"Y 老板的哥哥说道。他可能感到这个"80 后"实在是天真幼稚。在商人的眼里，现实社会就是一个大商贸，买卖不成是开价不够，没有什么东西是不可交易的。

张林军坚定不移地说："哪怕罢免程序要走到他任期满，我们也要走下去！"

对方的脸陡然变色，恼然说道："你想没想到后果？乡里乡亲的，抬头不见低头见，难道非要搞个你死我活吗？"

气氛一下紧张起来，雅间陷入沉寂。C 急忙打圆场："有没有办法让两边都有个台阶下？"

Y 老板的哥哥能请他们喝茶也算是给足了面子，没想到张林军是"初生牛犊不怕虎"，不知深浅。

邓士勇接过话说："村主任确实违背了民意,教训了一下也就可以了。这件事情搞下去只会两败俱伤,付出的代价会很大,对大家都没有好处。"

张林军在桌底下踢了邓士勇一下,让他千万不要松口。邓士勇的话不仅没使气氛缓和,Y老板的口吻反而更强硬了："我劝你们不要搞下去了。再搞下去,你们中间肯定有几个人要倒霉的。"

"你这样谈下去,我们就不要谈了,这样谈下去有什么意思?"张林军说罢,起身离去。

张明华毕竟是见过世面的人,为人处事也比较老到,既不想放弃罢免,又不想得罪这两个大老板,只好坐在那儿耗下去,直到不欢而散。

六、罢免办法投票表决通过了

亚里士多德说:"人是天生的政治动物。"罢免村主任就是琴坛村的政治,而且是最大的政治。

政治打破了山村的寂静,无论是同乡会的支持者,还是邓士明的支持者,抑或两边都不支持的人,心都无法平静。琴坛突然变得警觉了,敏感了,哪怕风吹草动都不放过。桥边树下马路旁,三三两两的村民谈论着,议论着,争论着,辩论着,大道消息、小道传闻、风言风语、飞短流长在众口传播着,心似雨中的浮萍在传闻中上上下下,起起落落;像要被刮断根似的惶惶,忐忑不安。廖祥海、张林军等人不时接到村里的电话,焦虑不安地问道:"你们到底搞得怎么样了,怎么还没有结果呢? 邓士明说你们都被他摆平了,是真是假?"

"什么时候能有个说法? 我们字也签了,押也画了,你们要是撤了,我们的麻烦可就大了。"

村里人急,同乡会也急,再急也得按法律规定的程序走不是? 为安抚民心,这些年轻人只好多回村几次,在溪滩边的公路上走一走,在房前屋后转一转,亮一下相,让村里人看看,知道他们还都在,既没逃跑,也没被公安局抓走。

2010年1月8日下午,琴坛村将召开户主大会,对罢免办法进行投票表决。婺城区人大、组织部、纪委和民政局的领导,以及乡党委、乡政府的所有干部都来了。民政局副局长朱育清担心的是能否有三分之二的户主到会。法律规定必须有三分之二以上的户主到会才具有法律效力。琴坛村有134户,如果有45家户主拒绝到会,那么就达不到法定人数。罢免成功与否,那不是政府的事,政府要做的是让老百姓真正当家做主,让罢免在法律范围内进行。开会人数达到法定标准,罢免办法被否决是一回事,人数不到则是另一回事。

要让90名以上户主与会,这确实不是件容易的事。村里许多家的户主在外谋生,大部分集中在金华市区,少部分在邻近的义乌、武义、永康等县市。对这些人来说,生活与奋斗的重心已移到城市,一年到头也不回来几次。他们肯放下生意,或放弃一天的工资回村开会吗?

无论如何也要凑够这个数!同乡会进行了分工,每个人负责多少个,动员他们回村开会。在金华市区的,同乡会出车把他们接到市民广场,不便于接的则打的报销。同乡会花600元钱租了一辆大巴,将集中在市民广场的村民送回琴坛。

村里有些人平时遇事绕着走,树叶掉下来都怕砸了脑袋,要让他们表决什么,那比杀头还要难。张明辉给在大房山做生意的表哥打电话,动员他回村开会。姑姑和姑父知道后,说什么也不让儿子回来。姑父忧心忡忡地对张明辉说:"你加入同乡会,去罢免邓士明,这样我在村里的事情就难办了。你们要是弄不掉他,我的麻烦可就大了。"他们对罢不罢免邓士明并不在意,在意的是不能给他添麻烦。为此,张明辉跟姑姑差点儿闹翻。最后,表哥自己选择回村开会。

　　琴坛村村民会议如期举行。琴坛村热闹得像过年似的,白发苍苍的老人捧着暖手用的火笼、拄着拐杖来了,多年未回村的村民回来了。破旧的礼堂挤满了人。全村 134 户,有 116 位户主与会,超过法定户数,支持罢免的来了,反对罢免的也来了,连邓士明的母亲都到会了。罢免村主任对村民来说是"大姑娘上轿——头一次",他们不了解罢免程序,不清楚到会户主低于三分之二这会就开不成了。

　　会议由村党支书邓士根主持。《中华人民共和国村民委员会组织法》规定,被提出罢免的村民委员会成员有权提出申辩意见。可是,邓士明拒绝到会,只好取消了这一内容。邓士根宣读了《琴坛村村委会主任罢免办法》,然后投票表决。发出选票 116 张,收回来 110 张,同意罢免办法的为 98 张,《琴坛村村委会主任罢免办法》顺利通过。于是,箬阳乡人民政府发布了 2010 年 1 号公告:琴坛村村民罢免委员会成立,党支部书记邓士根担任主任,张明华、张明辉担任副主任,廖祥海、余根基、张荣海等人担任委员。乡政府成立工作指导小组,乡长张时达任组长。最后,琴坛村村民罢免委员会发布公告:罢免表决日期定在 2010 年 1 月 29 日。

　　琴坛村沸腾了,担心同乡会年轻人半途而废的村民喜笑颜开,奔走相告。老人感慨万千,琴坛村已几十年都没开过这样的会,没这么齐心合力做过一件事了。这些年来,村民都忙着过自己的日子,做自己的生意,赚自己的钱,采自家的茶,已很少这样为村里着想了,很少想为村里做点什么了。张贴着公告和投票结果的村礼堂门口聚满了人,有人看了一遍又一遍,不识字的让人读了一遍还不肯走,他们没想到自己不仅有权选村主任,还有权把不称职、不满意的村主任罢免掉。他们说不出这是民主政治的进步,讲不清村民自治之类的大道理,可是已真切地感受到民主的春风。

是啊,对广大农民来说,罢免村主任还是十分陌生的。在许多人的眼里,这是可望不可即的,这是难于上青天的！他们对于那些不称职的村干部所采取的办法就是忍,忍到他期满,忍到他躺在床上干不动为止。可是,琴坛村的年轻人凭着自己的勇气、胆量和魄力,以及对村子的爱,成功地推动了罢免程序的启动。

同乡会的年轻人在晚上十点多钟才回到市区,他们突然想喝酒,特别想喝,于是相约今夜要尽兴喝酒,不醉不罢休。他们找了一家小酒馆,十几个人频频举杯,庆祝这两个多月的艰苦奋战,庆祝首战告捷。酒瓶空了,心事满了,这两个多月多么不容易啊,忍受了多少委屈,承受了多大压力,付出了多少艰辛？有几人后院没起火,谁的老婆没有意见,甚至提出离婚？

张明辉是做电器生意的,一年赚二三十万元,为罢免村主任不仅天天开会,而且隔三岔五就要回村。他的老婆生气地说他不好好做自己的生意,干吗要去搞那种事？

廖祥海的店是和妹夫合伙开的,这段时期店里的生意全交给妹夫打理。他起五更爬半夜的,把自己的老婆惹火了:"你天天忙这种事,花钱,搭时间和精力,耽误生意不说,还得罪人,搞得家人整天为你担惊受怕。你跟邓士明是亲戚,又没有什么深仇大恨,为什么要得罪他呢？你还想不想过了？"

张林军跟老板既是亲戚又是朋友,每当老板去安徽、山东等地出差,都由他来开车,白天他们边走边聊,晚上一起饮酒。听说张林军参加罢免村主任的事后,老板劝道:"别做那事儿,劳神费力,还得罪人。"后来见张林军全身心地投入进去,连公司的事都没心思做了,老板发话了:"你是公司的人,就得守公司的规矩！"潜台词很清楚,你要不干就走人。接下来,张林军的工资停发了。他的老婆恼火地说:"你晚上开会开到半夜十一二点,早晨五六点钟爬起来就走了。遇到麻烦不回家,要找别人商量解决办法;成功了也不回家,要和别人喝酒庆祝。你每天晚上回来时我睡了;早晨走时,我还没醒,十天半个月也见不到你的人影。"最后,张林军的老婆给他发了一条短信:"你再跟村里那帮人搞下去的话,我们明天就去民政局开一张单子。"

张荣海的老婆和孩子在村里,生活费靠他在市场外边拉脚维持。他过去每天赚 300 多元钱,日子过得还算滋润。参与罢免活动后,许多活儿都推掉了,生意不做了,整天开着柳州五菱小货拉着廖祥海他们到处跑,钱没赚到不说,轮胎跑破,老本贴进了万儿八千元,后院能不起火吗?

余根基在金丽温高速公路出口处打工,为村里的事,请假成为家常便饭。他 2008 年才结婚,孩子小,老婆在一家幼儿园当园长,工作很忙。他晚上不回家,小孩哭闹,老婆连饭都吃不上。他的老婆说:"你再这样下去,我幼儿园也不办了,咱们离婚。"余根基英雄气短,自己收入低,又增加了额外开销,除去会费,还有各种各样的捐助。

小酒馆地上空酒瓶越来越多,大家喝得面红耳赤,有了几分醉意,可是还说着、想着村里的事。

下午,邓士明的妈妈去开会了,邓士明把自己关在了家里。他感到委屈,感到窝囊,这个村主任当得他自己没少费力不说,还搭上了哥哥和弟弟。过去自己的日子在村里还算富裕和滋润。采茶的季节回村里忙,忙过之后去弟弟的公司当当保安,轻松加自在,一年有几万元好拿。自己跟弟弟在金华开家茶叶店,每年纯赚 8 万多元。他们的茶叶连续两年获全国金奖,金华市政府每次奖励 1 万元,婺城区奖励 5000 元。当这个村主任当得累不少挨,气没少受,罪没少遭,这一年零八个月损失惨重。上任后,领着几个村民查账,奔波劳累不算,人还没少得罪,经济上损失不少。以前打一天工赚 100 多元,村里的误工费每天才 25 元。别人的误工费都发了,他还一分钱没取,谁让自己是村主任呢？自己收入少好几万元不说，春节、重阳节慰问村里的老人还要搭进去 14000 元。这个村主任官不大，责任不小，每逢天下雨就提心吊胆的，不管乡里来不来通知，自己都要和村委值班，村民的危房要去看看，龙潭溪还要监视着，万一发大水淹了溪边的人家可不是小事。他们说村庄整治我没搞上去，村民不满意，这怨得了我吗？我哥哥、弟弟帮了多少忙？找人测量规划，村里一分钱都没花，乡里看过规划图后，认为在乡里 14 个村庄中琴坛村是最好的一个。我弟弟说了，钱不够他还可以找一些老板捐助点儿，可是实施起来阻力重重，许多人都想说了算，我有什么办法？修乡里到琴坛的公路，我捐了一块山地，525 平方米，没跟乡里要一分钱，公路没修下去，那是补偿不合理。溪滩承包，我说谁出钱多给谁包。村里人出 800 元，我没答应；有人出 2000 元，我也没同意；乡里有人介绍来一位，说出 13000 元，我还是不同意；Y 老板出了 16000 元，我让村民代表看了合同，并且跟他们说，这个合同，你们认为满意，对老百姓有利，你就盖章（摁手印——作者注），没利就不要盖章。村民代表同意了，盖章了，我才把公章盖上。同乡会要罢免我，我问心无愧啊，下对得起老百姓，上对得起乡政府。同乡会那十几个小流氓来找我，说是送什么罢免申请书，其实是要打我，送申请书来那么多人干啥？母亲为了让他继续当村主任，同时也怕他挨打，跪下来求饶，他们才跑。自古以来，上跪苍天，下跪父母，让老妈给那帮二三十岁的小流氓下跪，这对他这个当儿子的来说是奇耻大辱！

乡人大副主任找他谈话，指出三条路：一是终止承包合同，取得村民的谅解，继续当村主任；二是自己主动辞去村主任；三是等着罢免程序启动。最后劝道，你好好考虑一下，有 183 名村民要求罢免你，你吃不吃得消？他不相信有这么多人要求罢免自己，要求鉴定一下那两页半手印的真实性，有没有一人摁几个或几十个的现象。Y

老板同意交回合同,这已经是很给那些年轻人面子了,他们却不接受,坚持要罢免。那就随他们去吧,我邓士明奉陪到底,最终是鱼死还是网破还不一定呢!

这个下午,可谓"正在烟柳断肠处"。邓士明一支接一支吸着烟,想着心事。短促的烟团从他口中喷泻,很快随风飘散,家门前那条没心没肺的龙潭溪水哗哗流淌着。人活一张脸,树活一张皮。村里人再穷也讲面子,常说的一句狠话就是"叫你没法做人",也就是让你没脸见人。邓士明要当这个村主任,从某种意义上说,也是要个面子,要的是他邓士明的面子、他们兄弟几个的面子,他们老邓家的面子。如果自己被罢免了,那不仅是没面子,而且是丢了大面子。

事已至此,他已无计可施,于是丢下烟蒂,用脚踩灭,脚还旋了一下。

七、邓士明被罢免了

2010 年 1 月 29 日,琴坛村举行村民罢免村主任投票表决大会。

琴坛村挂出了横幅,贴上了标语。村口挂着一条十分醒目的红底黄字横幅:"严禁以暴力、威胁、欺骗、贿赂等手段干扰投票表决。"这是琴坛村挂的第一幅跨路横幅。

5 天前的晚上,罢免委员会为这次投票顺利进行,在金华工商城开过一次会。那天下着雪,气温降至 0℃,指导小组组长、箬阳乡乡长张士达特意从山里赶来。会议对每一个细节,以及可能出现的情况都进行了认真的讨论。晚上 10 时 30 分,会议结束。会议室烟雾缭绕,烟缸里的烟蒂已像玛尼堆,茶杯里几经冲泡的茶叶已变成"白茶"。按照罢免办法,外出不能参加投票表决的选民可以委托他人代理。罢免的委托与选举不同,选举时在外的选民可以打电话给选举委员会主任说:"我的选票让我爸爸领去好了,我不回去投票了。"罢免则要求在外不能回村投票的选民在罢免表决的前两日向村罢免委员会指明委托人，并出具委托书。有相当一部分村民不能回村投票，这部分选票关系到罢免的成败。有人想将选票卖给同乡会，这帮年轻人说，我们为的是村里的利益，不会出钱买选票的。邓士明的支持者放出风说，选票500元一张。有人动心了，许多家七八口人在外，如果能搞到他们委托书的话就能赚三四千元。

同乡会进行了分工，每个组负责联系那些需要委托的村民，绝不容许买卖选票的现象出现。廖祥海、张林军、余根基和张荣海开着柳州五菱小货车连夜开车进山，到乡政府拿花名册。有了花名册才能知道哪些人需要委托。大雪纷飞，山路崎岖，车灯撕开夜色，将公路裸露。他们赶到乡政府已是半夜12点，从值班人手里取到花名册后就急忙往回赶。他们回到金华时已是后半夜1点多，稍微休息了一下，凌晨3点又爬起来。有几个村民在深山打工，天一亮就要上山砍毛竹，天黑才能下山，只有在起床之前才能找到他们。这些村民的住处特别偏僻，十分难找。在熟人的带领下，当廖祥海他们找到那间竹棚时，天还没有亮，竹棚里的村民还在睡梦中。他们只好在外边等了一个多小时，当那些村民起床见到廖祥海他们时都惊呆了。他们把村里近三个月发生的事告诉这些村民。那几个村民不禁心头一热，好多年来已没有人如此关心村里的事情了。他们爽快地填写了委托书，感动地说："琴坛村需要像你们这样的年轻人！"

在福利院，他们见到一个从没见过的40多岁村民，她是一个残疾人，身高只有半米多，靠板凳行走。她在这里已住了十多年，已经被琴坛村遗忘了。听说有一帮琴坛村人来见，她吓得说不出话来，以为家里发生重大变故。当弄清廖祥海等人的来意后，她激动地说："为了村里的利益，我支持你们！"尽管这么多年来村里没有人来看过她，可是她对家乡的挚爱并没减少。这番乡情深深地感染着这四个年轻人，他们觉得自己更应该爱琴坛村，应该帮助需要帮助的每一个村民。那一天，同乡会的年轻人几乎找到了所有需要委托的村民，他们对这些村民说，你们想委托谁都没有关系，我们都会帮你们办好。有人把自己的选票委托给邓士明的支持者，他们也给带了回来。

最初，邓家兄弟和Y老板可能没把那些年轻人放在眼里，觉得他们不过是龙潭溪的几尾小鱼，翻不起什么浪，想着合同不收回，村主任照样当。当得知有183名村民支持罢免时，他们这才不得不重视，于是Y老板出面要放弃承包合同，以保住邓士明的村主任位置。这对他们来说已很不容易了，也很没面子了，没想到那些年轻人还不接受。在乡政府的支持、指导下，年轻人成功地召开了户主会，通过了罢免方案。可能考虑到邓士明文化水平低，说话办事直来直去的，所以邓老师和阿贵只得出面收摊了。阿贵硬着头皮来到红双喜婚庆广场见同乡会会长、罢免委员会副主任张明华，赧然一笑，说："明华，我这段时间很忙，一直出差在外，本来早就想过来坐坐，和你谈一下我二哥的事情。真没想到事情会弄到这种地步。事情已经这样了，就不要再往下弄了。"张明华急忙让座倒茶，毕竟是一块儿长大的，还是表亲，再说阿贵在金华市也算得上有头有脸的人物，许多老板都买他的账，何况他张明华呢？

张明华说："这事呢也不是我一个人说了算的，是全村人的意愿。这也不是针对你哥哥的，是针对这事情的。"这也是实情，即便他想给阿贵面子，同乡会的弟兄也不会答应，那些签字画押的父老乡亲也不答应。话说到这份上，实在难以谈下去了，阿贵坐了一会儿，也就讪讪离去了。阿贵不甘心，又来过几回，每次话没说几句，坐一会儿就无可奈何地走了。

在关键时刻，阿贵无论如何也要帮二哥的，他跟二哥的感情不是一般人所能理解的。父亲病逝那年，他才6岁，三哥读小学，二哥读初一，在雅畈公社当代课老师的大哥也只有20岁。老爸没了，顶梁柱折了，他们的家坍塌了，12岁的二哥退了学，回生产队放牛，帮助母亲抚养两个年幼的弟弟，供他们读书。那日子实在是苦啊，家里时常揭不开锅，二哥就领着他们上山挖野菜。让阿贵终生难忘的是读小学时，上学要走将近4千米的山路，要经过一座小木桥。桥面低矮，一下雨水就漫过桥面。每逢这时，都是二哥背他过桥。读小学四年级时，大水冲走了木桥，二哥怕他放学回来掉进水里，冒着大雨在河边等了好长时间。他初中毕业，考上浙江银行学校，当时三哥在读警校，家里实在拿不出钱供两个中专生。二哥领他去乡里的信用社贷款。信用社主任对二哥说："你没有担保能力，我们不能给你弟弟贷款。"他忍不住哭了，不读书就走不出这大山，就得像二哥那样当农民。在他将要失学之际，二哥领着他去武义的亲戚家借钱，一家一户地借，不知借了多少家才凑够学费。为供他和三哥读书，二哥37岁才成家。

没有二哥，也就没有他阿贵的今天，他一直不忘二哥的恩情。经济条件好了之后，先是花四五万元钱给二哥买了一辆昌河货车，让二哥到城里跑运输；后来他又跟二哥合伙在金华开家茶叶合作社，让二哥负责采茶加工，二嫂负责销售。有一年，山里发洪水，他冒着生命危险连夜开车进山，把二哥一家接到了城里。当年，二哥要不是为了他们那个家，为了让他和三哥有书读，哪会辍学回家去放牛？如不辍学，哪里会当一辈子农民？二哥的忙，他阿贵无论如何也要帮的。

投票表决的前一天晚上，同乡会开会时张明华没有到。过一会儿，廖祥海接到电话："廖祥海，我是明华。我跟Y老板、邓老师和阿贵他们在一起呢。他们一定要我带他们过来谈谈，我也没办法，我今后还要做生意，不想得罪他们。他们坚决要求让邓士明辞职，不要罢免了，我只好同意。你们认为不妥就坚持一下好了。"

这些日子，Y老板已找过张明华多次，想见同乡会的这帮年轻人。廖祥海他们清楚 Y 老板无非是想让罢免程序停下来，于是决定不见。为防止开会时 Y 老板找上门来，他们经常更换地点。没想到今天晚上，邓老师、阿贵和 Y 老板来到张明华的店里。尽管邓老师没教过张明华，张明华却一直很尊重邓老师。

邓老师说："明华，不要搞了，让士明做到任期结束，大家都是本村人，抬头不见低头见。士明这个村主任是你帮忙选上来的，现在你又参与罢免他，这样传出去也不好听。"

村主任的任期也就三年，再有一年零两个月也就到届了，何必非要弄个鱼死网破，一点面子都不给呢？

张明华本来就为当年帮助邓士明拉选票而后悔不已，邓老师可谓"哪壶不开提哪壶"，他愤懑不快地说："这不是我个人的意愿，你这个弟弟太不会办事情了。再说，当时竞选是怎么承诺的？"

邓老师说："明华，你们这么搞也是没用的。你看看，村里这么多人是支持我们的。"说着掏出一份名单："你们把票给我们，帮帮忙，要不我们让别人来买也行。"

张明华听说了，邓士明在村里放出话来，谁要放弃反对罢免票，就给谁 40 元钱。有村民说："不要说 40 元，就是给我 1 万元，我也不会把票卖了！"

张明华冷冷地说："你估计有 90 张反对票，那么别人的我做不了主，就算我把我家里的全都卖给你，你也不够。"

Y 老板也表示，要不惜一切代价，保住邓士明的村主任职位。

"钱，我也出得起。我给你两万，你拿去买好了，关键是你买不来。你出再多的钱也买不来的。"张明华不屑地说。

他们没辙了，阿贵只好取出一份辞职报告交给张明华："投票表决大会就不要开了，让我二哥辞职好了。"

村主任被罢免，无论是在浙江，还是在全国，都极为罕见。邓家兄弟担心一旦被罢免,这将会引起媒体的关注,搞得沸沸扬扬,不可收拾,所以与其被罢免还不如辞职。

张明华说:"这事我一个人做不了主,必须请示乡政府。"

他们想跟同乡会的其他人谈谈,要跟着张明华来见廖祥海、张林军、余根基他们。

Y 老板、邓老师和阿贵要来了,这怎么办? 有人说,邓老师和阿贵真要上门求情,我们也不能一点儿面子都不给啊。谁能说不同意邓士明辞职,这话谁也说不出口。Y 老板兄弟俩在金华怎么说也是人物,明华觉得不好办,我们也不好办啊。

张林军急中生智地说:"撤,赶紧撤!"

大家急忙向楼下跑去,没想到一出门就碰上 Y 老板、邓老师和阿贵了。其他人慌得连招呼都没打,钻进车里就跑掉了。余根基被阿贵叫住了:"我跟乡长和书记说好了,他们同意我二哥辞职,明天那个会就不用开了。"为证明真的跟乡长和书记通过话,他掏出手机给余根基看了一下记录。可是,余根基又能说什么呢?

下午 1 时投票表决,同乡会的年轻人在上午 8 时就赶回琴坛村。张时达乡长也提前赶到村里,对他们说,阿贵已把二哥的辞职报告送到乡里了,你们商量一下怎么办。张林军说,我们不知道他们的真正用意是什么。那份辞职报告一看就不是邓士明本人写的,上面写着"为减少村民内部矛盾,避免大家不团结"等提出辞职,邓士明说不出这样的话,肯定是他哥哥或弟弟写的。后边的签名也不是邓士明签的,他写不出那么好看的字。我们投票表决大会不开了,他要是说我没提出过辞职,谁也代替不了我,那么怎么办?

张明华说:"确实有道理。辞职报告又不是他本人递交的。"

廖祥海说:"辞职报告是他弟弟送来的,也只有我们知道他阿贵是琴坛人,其他人不知道他是个什么东西,我们不能接受。"

余根基说："我们早已通知在外边的村民，做生意的放弃了生意，打工的已请了假，下午就赶回来投票了，他的辞职报告递交得也太晚了。"

于是大家决定不接受邓士明的辞职，罢免表决会如期举行。

2010年1月29日下午1时，投票表决正式开始，婺城区委、区政府对此特别重视，区委组织部、区人大法工委、区纪委、区民政局的领导，以及箬阳乡党委、乡政府的领导都赶到琴坛村坐镇指导，公安派警力维持秩序，报社、电视台等媒体记者赶来采访。

投票表决在村礼堂进行，一个用纸箱做成的投票箱立在桌子上，它的外表包着一层红纸，上面贴着两道写有"琴坛村村民罢免委员会"的封条。为了保证投票表决的真实性和公正性，程序安排得非常严密。村民一个接一个地凭选民证和委托证到设在村礼堂侧门口的领票处领票，然后从侧门进去，在指定的填票处填写好，到投票处投票，最后从正门出来。有几位村民从领票处领到票后，以"还要再考虑"为由，想把选票拿出去填写，被工作人员制止了。工作人员说："你可以先把选票还回，出去考虑考虑，想好之后再领取选票，在指定的地点填好，然后投掉。"

"怎么不给我选票？我们也是村里人。"人群一阵骚乱，两个三十多岁的妇女冲进礼堂。

廖祥海赶过去，把她们拦住，解释道："你们是从外地嫁进来的，按理说应该是村里的人，可是你们的户口没迁过来，所以没有选举的权利。"

"没有户口就不是人了？"两个妇女纠缠道。

一波未平，一波又起。邹旺根跟他的姐夫、张林军的父亲张俭梅吵了起来。邹旺根在领取在外打工的儿子的委托书时，负责此事的张俭梅叮嘱道："委托书你领去，后天一定给我交回来。"邹旺根赌气地说："我后天没时间。"张俭梅也不高兴了："你没时间那是你的问题。"要投票时,邹旺根拿着一张没有委托人签字和手印的委托书来领选票,因不符合罢免委员会的要求,张俭梅拒发选票。两人争吵起来,张俭梅见邹旺根的女友在一旁帮腔,气愤地说一句:"你算个什么东西?"她是外村的,还没嫁给邹旺根,却总参与村里的事。邹旺根火了,冲过去要打张俭梅,被众人拉住了。

张林军对舅舅说:"你拿的委托书不符合要求,当然不能给你选票了。这样吧,时间来得及,你给你儿子打电话,让他打的回来投票,几百元的出租车费由我来出。"

舅舅没话说了。他又劝父亲:"今天是投票表决的日子,我们不要跟他一样,被骂几句也没关系。要是打起来,把事情搞砸了,对不起全村的乡亲,要冷静,一定要冷静。"

张俭梅默默地望着自己的儿子,没想到,经过这件事儿,林军成熟了,稳重了。

这边刚平息,那边又吵起来了。邹福根的六个兄弟回来了,可是他们的老婆和孩子没有回来,又没有委托书,工作人员拒绝发他们的老婆和孩子的选票。

"我回来了,我一定要领到我老婆和孩子的选票!"他们吵了起来。

"我们一定要走法律程序,民政局的领导在那边,你们有意见跟领导说。"廖祥海劝道。

邓士明抱着 6 岁的女儿,坐在石拱桥上,身边有五六个他的支持者。

邓老师孤独地站在道边,一脸苦笑地对路过的村民恳求道:"你家的票呢,选选我们家士明啊,让他当当满。我们还是很感谢你的,你家孩子还在我那里读书的嘞。"

这一份兄弟的情义实在让人感动,可是谁还会为一份感动投出自己手里的这张票呢?经过这场罢免,村民的民主意识成熟了许多,已掂量出了选票的分量。

投票在希望与失望、激动与躁动中结束。公开计票开始了,那只红色投票箱成为村民关注的焦点。选票倒了出来,由廖祥海唱票,计票的人用粉笔在木板墙上统计。木板墙前,重重叠叠、里三层外三层地站满了人,看不见的村民索性站在桌椅板凳上。

"同意罢免,同意罢免……"廖祥海唱道。

"念大声一点儿,念出声来才有意思。"后边的村民喊道。

"同意罢免,同意罢免……"廖祥海提高了嗓门。

每唱一声都赢来一阵阵的欢呼。

"不同意罢免。"廖祥海念到第九张时,才念到一张反对罢免的选票。

31 岁的村民张小宝来晚了,挤不到前排,就搬来一张凳子,站在凳子上看唱票。

"老邓大势已去,这回罢免肯定成功!"他对同伴低声说道。他是放下在义乌的外贸生意,特意赶回参加投票表决的。

整整 20 分钟过去,木板墙上所统计的反对罢免的票数寥寥无几,支持罢免的已经排列出密密麻麻的"正"字。

这时,坐在石桥上的邓士明可能已经预料到最终的结果,没好气地说:"好歹也算当了一回村主任。以后就是给我皇帝也不当了!"

他的支持者笑了,有人附和道:"是啊,是啊,破村主任有什么好当的!"

邓士明微笑着任由女儿在怀里闹腾,天伦之乐抚慰着他心中的创痛,憋屈已久的心里感觉好多了。在这个世上,还有什么东西比亲情更重要?细想想,他这辈子也值了,拥有那么好的哥哥和弟弟,他们为他真是赴汤蹈火,在所不辞。

下午 4 点 45 分左右,投票结果出来了,全村有选举权的选民 339 名,参加罢免投票表决的选民 302 名;收回选票 280 张;同意罢免票 265 张,不同意罢免票 14 张,弃权票 1 张,同意罢免票占选民总数的 78.2%。

箬阳乡乡长、乡派驻琴坛村罢免委员会指导小组组长张时达宣布:"罢免村主任邓士明的表决获得通过。"

让大家意外的是,宣布罢免结果时,预想的种种情况都没有出现,小礼堂依然风平浪静,大家仿佛就都意识到这个结果。只有几个村民走到木板墙前,用手机拍下了画满"正"字的木板墙。他们说:"留着做个纪念,我们能选村主任,也能罢免村主任,这才是真正的当家做主。我们第一次这样做,心里很激动。"

坐在桥上的邓士明看着村民们一个个从村礼堂里走出来,没人过来跟他打招呼。他转头看了一眼身后站着的73岁老母亲,他知道老人更在意这次罢免表决的结果。寒风吹动她的满头白发,失望使得她那张脸更显苍老了。邓士明感到一阵心酸,眼眶里有液体在蠕动,他扭过了头。

事后,乡村两级干部多次到邓士明家做工作,要求他交出村委会公章。他以误工费没有结算为由拒不交出公章。

龙潭溪在他们脚下流动,一如既往地滋润着两岸的草木。

尾声:琴坛村又选出新村主任

2010年4月1日下午,琴坛村再次召开村民大会,进行了村主任补选工作,张荣海以279票高票数当选村主任。

他得知自己当选村主任后,心里很平静。在罢免邓士明时,许多人就议论选谁来做琴坛村的当家人,大家开始说的并不是他。经历罢免邓士明的过程,这副担子最终却落到他的肩上。他深切体会到:老百姓可以选你,也可以罢免你,对他也是一个警示。

鲜为人知的琴坛村,拨动了民主政治的琴弦,弹出了一首罢免村主任的曲子,一举成名。琴坛村村民用183个红手印成功地启动了村主任罢免程序,最终导致村主任被罢免的新闻,在全国数十家报纸和 3500 多家网站转载,引起社会广泛的关注。

村民们说,邓士明没有贪污,没犯什么大错,也没有欺压百姓的行为,为何一定要罢免他?一句话,他不称职!因为邓士明不尊重我们大多数人的意愿!当年邓士明以高票当选,证明他有良好的群众基础。可不到两年时间,又被高票罢免,为何会有如此大的反差?这诠释了一位哲人所说的准则,为民办事,要看群众愿意不愿意,高兴不高兴。

《浙江日报》金华分社社长徐晓恩说:"琴坛村村民的罢免行动,表明农村村民的民主政治意识增强了;罢免成功,说明我们农村建设和民主政治的进步,因为我们从法律、法规等制度上保障人民行使当家做主的权利。这件事对当下个别通过不正当手段参选的人有警示意义!"

一位媒体工作者说:"如果说改革开放伊始,小岗村农民用按血手印方式领农村经济改革风气之先,今天琴坛村村民同样用摁红手印方式表达了政治民主的诉求。前者是经济行为,后者是政治行为,都有里程碑的意义!罢免村主任甚至更大的官,媒体也时有报道,然而在金华的琴坛村发生,可见这里改革的深入。"

一位基层领导说:"琴坛村的村民们用法律捍卫自己的民主权利和集体利益,完成了这次罢免,对于农村民主政治有着里程碑式的意义。水能载舟,亦能覆舟。随着农民的法治意识、民主意识不断增强,他们会用好自己的权,选好自己的当家人。当官的不尊重民意,不为老百姓办事,老百姓就会抛弃你。民意是天啊。"

经过罢免村主任的风波,琴坛村恢复了平静。龙潭溪水仍不知疲倦地从村口缓缓流过,溪滩两岸那经历冬天拷问的翠竹仍是绿汪汪的,一株株新笋探出了头,悄然发出毕剥毕剥孕育新生的声响。又一个春天来临了!

我们村里的年轻人

汪　胜

　　琴坛村是浙西偏僻贫穷的小山村,山势险峻,在金华市素有"小西藏"之称。2009年,时任村主任将穿村而过的龙潭溪承包了出去,一年承包费才16000元。

　　在城里讨生活的年轻人不干了,他们"杀"回了村,用183个红手印成功地启动了村主任罢免程序。2010年4月,琴坛村再次召开村民大会,选出了新的村主任。

　　这座山村的"地震",震波不仅传到金华市、浙江省,还传遍全国。在"地震"中,那些原本在城市讨生活的年轻人在村里树起了威信和号召力,也找到了自己的价值。他们是新版的"我们村里的年轻人"。

　　如今,十年过去了,这个当年因罢免村主任"一炮而红"的琴坛村怎么样了? 琴坛村的年轻人怎么样了? 琴坛村的百姓怎么样了? 琴坛村的面貌怎么样了?

　　在习近平总书记"绿水青山就是金山银山"重要思想指引下,琴坛村结合村庄实际,挖掘生态金矿,开启了全新的发展,也发生了前所未有的变革。

如今的琴坛村，美若仙境，人心向善向美，到处生机勃勃，融洽美满。她正以自己独具特色的美丽、和谐、文明和现代化，为这个伟大时代谱写了一曲壮丽的赞歌。

浙西偏僻小山村琴坛

从金华市区出发，一路沿着溪水和青山，经过大约一个半小时的车程，才能到达琴坛村。

琴坛村像名字一样美，依山傍水，风景秀丽。你瞧那三面环山的远处，皆是翠竹绿林，如一道道秀美壮丽的屏障，将琴坛紧紧地呵护在自己的胸膛。从近处看，一棵棵散落在村庄各个角落的枫树，它们有的已经活了 500 余年，却依然新枝勃发、绿意盎然，犹如一个个忠诚的卫士，守护着这个山村的每一个夜晚和每一个白昼。

初入琴坛，若不是沿途有公交站牌和规划有致的电线杆等现代设备，仿佛穿越至哪个古代山村，青山环抱之下，让人感觉古朴又清新。

琴坛村的由来充满浪漫气息。据说，古时村口的溪边生长着一根藤蔓，随着时间的流逝，藤蔓越来越大，越伸越长，一直从溪的这边延伸到了对岸。

几百年后，藤蔓已经有手腕般粗，它的根、叶也遍布得更广。细心的村民发现，村里每日好像都多了一丝悦耳的声音，叮叮咚咚，像是有人在弹钢琴。循着声音找去，原来是溪水不断拍打藤蔓的树枝，才发出如此清脆悦耳之声。

每夜，村民都聆听着美妙的音律入眠。之后，便有人称这个村为"藤潭"，意味有藤、有水、有琴声。再后来，经过简写加谐音，才转变为今天的"琴坛"。

站在琴坛村口，可以望见对面矗立的两尊石像，仿佛一男一女，这是一个有关茶叶的美丽传说。茶圣陆羽带着妻子访遍名茶,途经琴坛村,向村里的妇人讨水喝。妇人给他泡了两杯新采茶叶的茶水。陆羽喝过后大喜,便和夫人在琴坛村住下了,种茶砍柴,再没离开过,最后化作石像守护着琴坛村。

自从陆羽夫妇来到琴坛村后,琴坛村人就有了种茶、喝茶的习惯。

不知多少年以后,又有一位自称"南山居士"的白发老人经过琴坛村,闻到弥漫在村里的阵阵茶香,不觉心动,就向住在桥头茅屋里的一位老奶奶讨茶喝。老奶奶热情地给他泡上一碗雨前好茶。白发老人喝完后边走边唱道:"雨前杜鹃笑氤氲,路上行人醉香醇。借问茶家何处好,樵羽遥指琴坛村。"老奶奶虽不识字,但记性很好,她把这几句诗当山歌来唱,并世代相传,一直流传至今。

说起琴坛村,村民们难掩幸福的表情。20世纪五六十年代,琴坛村人便跟上了时代发展的步伐,改革开放前,以邓作先为首的大队干部为改变琴坛村的落后面貌,每天早晨天刚亮就出了门,天黑才走出深山。他们先后去绍兴等地参观学习,然后又把专家请进来,经过土质化验之后,选种200多亩的茶树,引进的茶树至今还在造福琴坛。

村干部们勉力肯干,为百姓办事,赢得了村民的信任和赞誉。

然而,20世纪90年代以后,受交通等因素制约,琴坛村的发展停滞不前了。琴坛村就像分糖果时溜出去的孩子,被时代遗忘了,被财富遗忘了。

琴坛村距离金华市区45千米,2000年以前,从琴坛出发到山下的安地镇,要足足走6小时的山路。

当时的村主任申小妹说,金华市的一位副市长来村里视察,从安地走到村里把鞋子都走破了。他见这里的村民闭塞,生活太苦了,拨款15万元,让琴坛村修公路。琴坛到安地的公路通了,老百姓人人称赞。可是,从琴坛村到箬阳乡的公路却一直还没通,村民去乡里要兜一大圈,多跑 20 多千米冤枉路。

路,这个充满力量却又无可奈何的字眼,成了村民心中无法抚平的痛。偏僻闭塞,穷像一根鞭子,把村民往城市赶,村里三分之一的人在金华或经商,或打工。

和其他经济欠发达的村子一样,琴坛也变成了名副其实的留守村,除了女人、孩子,就是老人,年轻力壮的没有几人。

2009 年 10 月下旬,时任村主任邓士明将穿村而过的龙潭溪承包出去,合同签了 28 年,每年承包费 16000 元。

消息传开后,村民们气愤了,在外讨生活的年轻人"怒"了,龙潭溪是村里的母亲河,村民是吃着溪里的水长大的,他们对龙潭溪都有着特别的感情。

这群年轻人一致认为,琴坛村没有集体经济,山都承包给了村民,龙潭溪是村里唯一的公共资源。

把龙潭溪承包出去,一年就亏 15 万多元,28 年亏 420 多万元!420 万元对于富村算不了什么,但对琴坛村来说,那就是天文数字!

邓士明将它以十分之一的价格承包出去,这是对龙潭溪的亵渎,是对琴坛村父老乡亲的污辱和出卖!

再说,这不仅仅是钱的问题。

这群年轻人觉得,这些年,他们离开乡村,跑到城里讨生活,但是,他们有义务、有责任关心村里的发展,琴坛村是他们的根。只有把村庄建设好,他们在外闯荡才能安心。

这群年轻人"杀"回了村,他们要邓士明收回龙潭溪,要罢免邓士明,要选出自己放心的村主任……

2010 年 1 月 29 日,琴坛村村民用 183 个红手印成功启动了村主任罢免程序,最终村主任被罢免。

这座被时代遗忘的山村犹如落进龙门山地震带,频频发生"地震"，震波不仅传到金华市、浙江省，还传遍全国。

在城市讨生活的年轻人明白了，不论在城里赚多少钱，都不能丢下自己的家园，要关心琴坛，热爱琴坛，要为她多付出点儿。

廖祥海丢下生意回村当书记

2010 年 11 月，恰逢婺城区启动村级组织换届。

如何选好新一届村两委班子，为了琴坛村的更好发展，箬阳乡党委决定，提名共产党员廖祥海担任琴坛村党支部书记。

廖祥海一直在市区经营模具生意。30 出头，个儿不高，一头黑发，脸上显得有些秀气，宽宽的肩膀，经常穿着休闲外套，微笑中透着一股子刚毅坚强的性格，一看就是踏实肯干的年轻人。

高中毕业，他就离开了大山，到金华闯荡，做过修路小工、餐馆服务员、厨师、装潢设计……

尽管学历不高，在学校喝的墨水不多，但"勤能补拙""踏实肯干"的道理，廖祥海知道。在朋友的帮助下，他干起了模具，从此认定了做模具生意这一行。

肯吃苦、讲原则、负责任，刚入行时，廖祥海就自学编程，苦干勤干，积累了一点经验以后，他和堂姐合开了一家模具厂，而且慢慢有了规模。

逢年过节，回到大山，大家乐呵着喊他"老板"。

可是，箬阳乡党委的这个决定，叫停了他的"老板"之路。

"祥海啊，我是琴坛村的联村干部张水源，你回来到我这坐坐吧。"那天，张水源毫无来由的邀请，让廖祥海满头雾水，摸不着头脑。

张水源是箬阳乡党委委员、人武部长，负责联系琴坛村。

"张部长找我，难道是村里实施村庄整治等民生工程，让我们在外的人凑钱?"

踏进办公室,只见张水源笑容满面。时任箬阳乡纪委书记、组织委员的吴顺茂也在。

"祥海,你很了不起啊,模具厂办得有声有色,当干部也肯定能做好,不如回来当书记吧!"

一听这话,廖祥海连连摆手,虽然是个党员,也当了几年的支委,但是当书记,绝对不行,廖祥海只想开溜。

"不行不行,两位领导,这活我干不了,我还年轻,农村的工作没经验。"

"你回去想想,跟家里人也沟通沟通,不用这么快表态。"

廖祥海暗笑,两位干部真有趣,我又没答应,跟家里人沟通个啥。再说,家里也肯定不会答应。

两天后,廖祥海的手机再次响起。这个号码他记得,是上次到乡里时,吴顺茂书记让他记下的。

一路上,廖祥海盘算着各种推托的理由,廖祥海自以为胸有成竹,能够说服乡里领导,不会回村当书记。

"祥海,你几岁入党的?"

"18岁。"

"优秀啊,这么年轻就入党了。"

廖祥海却丈二和尚摸不着头脑,这吴书记葫芦里卖的什么药,居然问这些。

"党员的义务是什么?"

"为人民服务。"

"对!要的就是这句话。"吴顺茂猛地打断廖祥海,"琴坛村情况很特殊,你是参与村主任罢免的主要成员,村里的现状我不多说你也知道。党员们都一致推举你,你要说话算话,为人民服务。"

男子汉大丈夫,俗话说,一言既出,驷马难追。自己说出去的话,怎么收回?

廖祥海只能点头:"吴书记,那我回去和家人商量下。"

"行行行,你就甩开膀子干!"吴顺茂笑眯眯地说。

回到家,廖祥海把想法告诉老婆。

老婆苏梅花态度坚决:"好好干你的模具厂,管那摊子闲事干啥,你还能当好村书记?将来肯定后悔。"

廖祥海听后,心里怪不是滋味的。平日里,老婆苏梅花是最支持他的人,可是听说他要当村书记,她却坚决反对。

父母的态度更坚决:"我们一辈子生活在琴坛,你当书记能做出个啥。再说,刚刚起色的模具厂咋办?"

一起办模具厂的堂姐最不乐意了:"你当那个村书记了,模具厂谁来管?"

廖祥海知道,当琴坛村这个党支部书记,等于跳进火坑。可是,他是琴坛人,虽然在外做生意,但和家乡有一种割舍不了的情缘。

乡亲们朴实真诚,都是地地道道的老实人,他想为乡亲们做点事情。

山清水秀的琴坛村,为何发展不了?问题到底出在哪里?怎么样才能把村子建设好?他势单力薄,又能为村子做点什么呢……

廖祥海不由自主地陷入了沉思,好多个晚上,都无法入眠。

几天前,老支书邓士根找到他,做他的工作:"祥海,我老了。党员会、支部会上我们讨论过,大家都很看好你,你要肩负起使命。"

廖祥海说:"我这么多年在外打拼,当个助手还可以,可真要当书记,我很难担负重任啊。"

邓士根说:"你从小在村里长大,骨子里就有老老实实做人、诚诚恳恳办事的精气神,人头熟,口碑好,肯定能干好!"

廖祥海说:"我的模具生意刚刚开始起步,就这样放弃了,家里不同意啊!"

邓士根严肃地说:"共产党员就是要全心全意为人民服务,为老百姓办事,这就是最大的生意。"

说完,不等廖祥海说话,就径直离开了。临走时,还扔下一句话:"总之,我们大伙都看好你,你再细细想想。"

老支书的话让廖祥海感动,廖祥海不得不认真考虑了。

"大家都信赖我,不管家人怎么反对,我一定要试试看。"廖祥海咬咬牙,下定了决心。

他主动拨通了吴顺茂的电话。

吴顺茂一看是廖祥海的电话,心里别提有多高兴。

"祥海,是不是想好了?"吴顺茂问道。

"我想好了,我试试。"廖祥海说道。

吴顺茂随即说:"祥海啊,我代表乡党委感谢你。"

廖祥海心里清楚,要把一个一穷二白的村子建设好,并不是有了决心就行的。

吴顺茂看出了廖祥海的心思,他说:"你要大胆干。大家一致推荐你当书记,不是空穴来风,大家看重你,都是因为你的人品。你这次当书记,不光要把村两委班子团结起来,还要让琴坛村变个样。"

廖祥海眼睛湿漉漉的,这是一副沉甸甸的担子,他特别感动。

廖祥海说:"我一定做好工作,带领乡亲们把琴坛村建设好。"

廖祥海回村当支部书记的消息如春雷一般,在琴坛村炸开了,村民们口口相传,奔走相告,他们都期待着,村外的年轻人会把"山穷水尽"的琴坛村建设好。

2010年12月,琴坛村召开全体党员会议,选举产生了由廖祥海、张明华、邓士根、余根基、张林军五人组成的新一届支委会。

在几天后召开的支委会上,大家一致推举廖祥海为琴坛村党支部书记。

新一届支委会产生后，琴坛村又召开了支委会的第一次会议。这天，吴顺茂、张水源、傅茂荣三位乡干部到会。

吴顺茂代表箬阳乡党委宣读了任命文件。廖祥海就算正式上任了。

琴坛村的发展在哪里

从"老板"到"书记"，廖祥海适应得还挺快的。

新官上任，摆在廖祥海面前的工作可谓千头万绪。工作怎么开展，是廖祥海每天思考的重点。

当选村支书后，廖祥海索性搬回来住了。每天一大早，廖祥海就匆匆起床，走出家门，绕着龙潭溪步行。看着清澈见底的溪水和溪水中灵动的鱼儿，他的身心也舒展了。

琴坛村，有廖祥海光屁股的童年伙伴，有几十年朝夕相处的邻里乡亲。

廖祥海不会忘记，小时候，乡里乡亲不管有什么好吃的都会分他一份。村口的龙潭溪，更是他童年的美好记忆，虽然在外打拼多年，但是，童年的小伙伴一起在龙潭溪中玩耍、嬉戏的场景却依然十分清晰地浮现在廖祥海的眼前。

廖祥海对琴坛村的情况多少是掌握的。

这些年，随着如火如荼的新农村建设，大山外的农村都已经搭上快速发展的列车了。走在乡村，一座座拔地而起的小洋房，一处处优美的风景连点成片，老百姓的日子越过越红火；再看看自己生长的村子，偏僻闭塞，乡亲们的日子依然过得紧巴巴的，他们在生产、生活上仍然存在着困难，廖祥海的心里很不是滋味。

他又想起老书记对他说的话："共产党员就是要全心全意为人民

服务,为老百姓办事,这是最大的生意。"

廖祥海在心里暗暗下决心:一定要带领乡亲们走上脱贫致富的道路。

可是,现实远比理想要残酷,村书记的工作并没有想象得那么简单。眼前的琴坛村,村民 134 户农家,374 人,三分之二在村里。跟其他欠发达的村子一样,留守的是"386199"特种部队,除了女人、孩子,就是老人,年轻力壮的没几人,村集体经济收入为零。

除了缺乏收入来源,更让廖祥海担忧的是涣散的人心。琴坛村虽然不大,可是关系复杂,纠纷频频发生。前几年,村里准备对村口的旱厕进行改造,虽然是一件民生实事,可是,村民们百般阻挠,这项工作最终没有顺利开展。有时,村民之间的一点矛盾,双方谁也不让谁,互相聚集一批人要开战,每个人都吃不得一点亏。久而久之,琴坛村没有了凝聚力。

廖祥海觉得,琴坛村要发展,首先就要把大家团结起来。党支部作为村里的领导核心,就要发挥战斗堡垒作用,党员干部只有一心扑在工作上,才能对得起大家的信赖。

在廖祥海看来,任期内无功便是过。新班子如何开展工作,如何把工作做到大伙儿的心坎上,这是眼下最重要的事情。

廖祥海忙碌起来,在石坡旁,在龙潭溪边,在银杏树下,走访每一位党员、村民。

上了年纪的老党员说:"咱都 80 岁了,小时候就听进山的八路军教歌谣,打跑日本鬼,日子过得美。如今天天听建设美丽中国,咱心里早盼着琴坛村,爬着滚着往上奔啊。琴坛村往上奔,咱老百姓也就有干劲。"

村民们见了廖祥海,搬过凳子说:"祥海,坐,咱琴坛村靠山吃山,你要为村民办真事,就是好书记,百姓心里立座碑,谁办真事刻上谁。"

字字如山，句句如金，廖祥海放在了心里。

大雪纷飞之夜，村委会的屋子仍灯影闪烁，廖祥海正夜战疾书——《琴坛村美丽乡村建设远景规划》。老支书乐滋滋进门，说："甭写啦，我让你婶子多做了两个菜，我们几个班子成员一起喝几杯。"

廖祥海放下手中的事情，乐呵呵地去老支书家。老支书拿起廖祥海写的远景规划，在酒桌上念给大家听，大家集思广益，又提提精气神。酒逢知己千杯少，一纸蓝图抵千杯。

最终，廖祥海和党员干部们研究决定，将琴坛村的自然资源作为乡村发展的主攻方向，确定花园式美丽乡村、绿色产业发展、休闲旅游资源开发、乡风民风提升等设想。

有了愿景，廖祥海又带着远景规划和乡亲们座谈，他就村里的发展请大家支招。大家谈思路说想法，有的村民说："祥海书记啊，你的村庄规划距离实际太遥远了，目标再宏大，难以实现是空话。"

有的说："祥海书记，我们相信你，不过，我们要提醒你，一定要踏踏实实。老话说得好，不放稳凳子，上不了梁；不放实梯子，上不了房。村庄建设也是这个理。"

廖祥海的眼眶湿漉漉的，乡亲们是怕他走弯路难收场，闹出笑话。

他抹把泪："乡亲们，我生在琴坛，长在琴坛，我当书记的初衷就是要把村庄建设好，让乡亲们的日子越过越好，越过越幸福。"

回村当书记后，廖祥海越来越清楚地意识到，乡亲们迫切需要美丽乡村建设，不入水底，不知海深；不回山村，难知民心啊！

泪水未干，廖祥海的手机响了。乡党委特意找他过去，肯定了他对琴坛村的远景规划。不多日，乡党委还和市、区有关共建帮扶单位一起来到琴坛村，为村里的发展出谋划策。

廖祥海牢牢记住乡亲们的话,一步一个脚印,踏踏实实把琴坛村的工作干好。不多久,琴坛村就启动了村庄整治,解决了村里长年不通自来水、泥巴路坑洼断头这两个问题。

同时,廖祥海又启动了花园式村庄建设的"筑美"工程。自此,家家门前,条条山路垒花池、添肥土,栽满了花花草草,一到开花季节,数十个品种色彩斑斓,村民早早晚晚走在花海里。

廖祥海又腿脚不歇,找领导、跑部门,争取项目落地琴坛村。小村的落后面貌也悄悄开始改变。

廖祥海相信,只要心系百姓,扎实干事,就一定可以把琴坛建设好。

在实施村庄整治的同时,廖祥海还瞄准时机,把规矩立起来。

所谓规矩,其实就是一视同仁的规章制度。说白了,就是村两委例会制度、党支部会议制度、村民代表大会制度、村民公约制度等。

廖祥海觉得,治村跟办企业是一个道理。办企业时,廖祥海按规矩办事,大家心服口服。如今,廖祥海张口就能说出十多条制度,但上任之初,这数字为零。

廖祥海对大家说:"我们这些党员干部,要多想想身上的责任,我们为乡亲们做了什么,我们能为乡亲们做点什么?"

廖祥海的话引起了大家的共鸣。

大家形成共识,只有用实际行动为老百姓做事,老百姓才会服你,村里才会有希望。

管理渐入门道,廖祥海发现,村民之间团结了,村民们三三两两聚在一起,背后说事的少了,议论的少了,有问题找村干部的多了。

一次,当村两委开完会走过龙潭溪,村里上了年纪的老人们,破天荒地朝他们竖起了大拇指。大家看了,心头很激动:"有了乡亲们的支持,往后村庄一定会发展得很好。"

打通琴南公路

这些天,廖祥海接到了一项特殊任务:配合做好琴南公路建设,打通最后 200 米,卡住琴南公路咽喉。

琴南公路从琴坛村与安山线交接处开始,一直到南坑村,再从南坑村到武义县白姆乡黄斜村为止,全长约 7.4 千米。琴南公路修好后,琴坛村的村民可以从村中乘车到箬阳乡政府驻地。

早在 2007 年,婺城区开始实施联网公路惠民政策。当年 10 月,琴南公路立项并开工建设。然而,当路基修到最后几百米时,却遇到了拆迁政策处理难题,导致桥梁板、砂石料、机械无法运入,整个工程因此停滞,一停就是 5 年多,路边的杂草已有七八十厘米高,很多村民开始在路上种植作物。

从龙潭溪琴坛村入口到琴坛村礼堂,这一段地方,是琴坛村人口比较集中的地方,不少村民的家就安在这里。

很多村民认为,线路设计不够合理。

200 米路段上的房屋拆迁一直没有进展,琴南公路就只能搁浅。

连接琴坛村和琴南公路的那座长 20 米的桥梁,虽然两头的桥基都已修好,但通往桥边的道路狭窄,预制桥面运不进去。必须要先拆除村中几户村民的房屋,工程才能继续。

这是一件涉及家家户户、关系到每个人利益的事,会不会还是像之前一样烂尾?廖祥海忧心忡忡。

"志不取易,事不避难。"廖祥海觉得,这件事做好了,会是改变琴坛村面貌的契机。

"既然是修路,我们就要配合。"廖祥海知道,作为区里的重点工程,琴南公路建成,可以极大地带动琴坛村的发展。

廖祥海下决心要做好这件事。

但是,为工程召开的第一次村民大会,无疾而终。

"没什么好说的,说了也没有用!"

"过去,什么东西都要从外面挑进来,现在至少已经可以绕道通车了。"

"我们平时基本不去箬阳,有事情可以去安地或者直接去金华。"

……

这些看似简单的回答,似乎代表着村民对琴南公路的淡漠态度。

一些村民认为,修路付出的代价远不止于此。离琴坛不远处有一个龙潭水库,"琴坛—龙潭"穿越线路在金华驴友乃至省内驴友中都赫赫有名。因为修建琴南公路造成的生态改变,以及村中近些年为发展驴友进行了一些改造建设,让驴友们眼中的世外桃源变得黯淡。

在琴南公路所在的位置,有一段叫双溪口的溪流,因为修路,双溪口被炸山石块填埋。村民们不会忘记,以前,到了夏天,到这里游泳的人很多,甚至有外国人到这里游玩。

所以,琴南公路的建成,对很多人来说都很重要。

每个星期五,琴坛村在箬阳乡小学念书的孩子们要回家过周末。学校几乎每周都为琴坛村的孩子们开绿灯,让他们早些回家,因为他们要走近 10 千米的山路。走得快一点也要个把小时,天气不好的时候,得走两三小时。

因为路途比较远,从星期一到星期五,他们都住在学校,只有周末回家。星期一回校,孩子们早上 4 点就要起床往学校赶,很多时候天都还没有亮。如果琴南公路建成通车,孩子们就不用这么辛苦了。

村民张增友说,从女儿读幼儿园起,大家就盼着公路早点修好,可以和其他村的孩子一样,坐公交车上学。即便坐不上公交车,家长骑车送送也方便些。

因为路上石头很多,很多孩子每学期至少要穿破 4 双运动鞋。

除了上学的孩子,很多村民也希望琴南公路早点通车。琴坛村村民的经济收入都来自农业生产,而茶叶是大多数家庭的经济支柱。身处大山深处,平地很少,只能发展茶叶,但是,很少有村民将茶叶拿到箬阳去卖,尽管那里的茶叶每千克要贵 20 多元。

村民们宁愿拿到金华的茶叶市场去卖,因为坐车去很方便。

离琴坛不远的黄斜村更偏僻,去武义县城要先坐车去箬阳,再到安地,经金华到武义县城,全程要 3 小时。

如果琴南公路通车了,村民们就可以直接从琴坛走,不用绕道箬阳。

廖祥海铁了心要把琴南公路修好。他咬咬牙,再大的困难也要克服。

他连夜召集村两委商谈。

"老祖宗说过,修桥铺路就是福,我们要把老祖宗的传统发扬好。政府把琴南公路建设作为重点项目,就说明修路的重要性,我们没有理由不支持。"

廖祥海的话,铿锵有力,这个表态,也让村民们觉得,政府的工作,大家一定要支持。

与此同时,廖祥海挨家挨户、起早摸黑地走访拆迁户,解开拆迁户的心结。

婺城区委、区政府和交通部门领导也高度重视,为确保公路无障碍施工,专门成立了琴南公路沿线房屋拆迁工作组,进村入户做拆迁户的思想工作。一段时间下来,大家的态度有了转变。

邹志根家是其中一户,他说:"我们没有不同意拆迁,政府的工作,我们支持,但是拆掉以后,我们住哪里?希望政府和村里能够解决地基问题。"

针对拆迁户的问题,在现有条件允许的范围内,有关部门、乡里、村里都积极解决,有力保证了琴南公路的重新修建。

一段时间以后,还剩下 3 户人家没有拆迁。

同时,村里的老祠堂也要拆除。这样,才能启动琴南公路建设。

针对老祠堂的拆除问题,大家展开了激烈的争执。

"村里就一个祠堂,拆了,以后开会都没地方了。"

"我们先拆掉,剩出 3 米修路,然后我们造回去。"

"祥海书记,你毕竟年轻,钱从哪里来,这是现实问题。"

"你们听我的,相信我,老祖宗留下的祠堂,不会拆了就算了,我们肯定造回去。"

"如果我们村里都不带头拆,其他 3 户的思想工作怎么做?老祖宗也看着我们村的发展,支持政府的工作,便利的还是老百姓。"

廖祥海铁了心,硬是说服大家,把老祠堂拆掉。

随后,廖祥海四处"化缘",建起了融居家养老、文化服务、党员活动、民宿等于一体的办公楼。

老祠堂拆除,也为做其他 3 户村民的拆迁工作打下了基础,尽管村里没有多余的地基安置 3 户拆迁户,但是,以心交心地沟通、交流,最终得到了村民的支持,他们终于签下了协议。

2012 年 9 月,施工队伍顺利进场,建设工程得以重新开工。

之后的一年多里,经施工建设单位加班加点,2013 年 8 月,公路主体工程全线贯通,开始进行安全护栏安装等扫尾工作;11 月 24 日全面完工。

自此,备受关注的琴坛至南坑公路建设工程完工,标志着停滞六年之久的"烂尾路"——琴南公路建设工程全面建成,实现了当地群众多年的梦想,从此告别祖祖辈辈走过的高低不平的崎岖山路,走上宽敞、平坦的水泥路。

琴南公路的开通,让村民们看到了廖祥海的魄力,这位年轻的村支书,在村民心中树立起了威望,村民群众也齐刷刷为他竖起大拇指。这也为琴坛村未来的发展奠定了基础。

黑窑里走出来的新主任

时间过得很快,廖祥海在村书记的位置上已经干满了一届,看着村里发生的变化,他心里很是高兴。

2013年,新一届村两委换届工作如期举行,因为出色的工作,廖祥海继续当选为琴坛村党支部书记。在外创业的张明华当选为村主任。

琴坛村经历过罢免村主任事件,对于任职琴坛村的村主任意义显得与众不同,除了群众基础以外,还要比别人多几倍的胆识、能力、为民服务思想。

当选村主任之前,张明华在金华做生意,而且生意做得是风生水起。

村民们希望,这位在外创业的年轻人能够和廖祥海一起,共同带领村民脱贫致富。

张明华心想,绝不能辜负了乡亲们的信任。如今,琴坛村的发展进入了快车道,如何依托琴坛村的资源,把琴坛村建设好,成了他心里反复思考的问题。

妻子刘香花也很支持:"以前,这么辛苦的日子都过来了,现在,乡亲们需要我们,一定不能辜负了乡亲们。"

张明华兄弟姐妹5人,家境贫寒,大弟弟到了9岁都没能走进学堂,这成了哥哥张明华心中的一根刺。初中毕业后,他就放弃继续求学的机会,开始打工赚钱,供弟弟们读书。

1993年,张明华与邻村贤惠能干的刘香花结成了夫妻。为了撑起整个家,夫妻二人谋划着找一些挣钱的活计。当时农村里落后,除了电灯,基本上没其他的电器,冬天取暖主要靠平时用土灶做饭积累的木炭,而山里的冬天特别寒冷,这种炭火耗时短,基本不够用,山上硬柴烧的"白炭",质量好,烟味少,需求量大,夫妻俩决定一起上山烧炭挣钱。

烧炭是个苦行当,不仅所需的木柴要一根根地砍伐,而且要在深山老林的羊肠小道上将木柴肩挑出来,无法使用任何的机器和辅助工具,需要的体力和耐力非寻常活计能比。

另外,烧炭的土窑也是自己用黄泥浇筑的,每次烧炭都是柴在窑里烧,人在窑外烤。每次烧炭,夫妻二人都分工明确,刘香花负责把木柴从上面的烟囱递给窑里的张明华,然后轮流看火。什么时候闭窑很关键,闭早了是柴,闭晚了是灰。烧好的炭火全部装袋,次日蚂蚁搬家一样地把它们挑出深山贩卖,合计下来一天能挣六七元钱。

这一烧就是好几年,两个人的家就是窑边上的一个小窝棚,吃饭、睡觉全在里面。

张明华忘不了,烧炭的那几年,全身都是黑漆漆的,就连咳出的痰都是黑色的。有一天晚上,因为烧木炭的疏忽,山上起了火,张明华连忙叫起还在熟睡的刘香花,衣服都没穿整齐就跑出去救火,好在火势不大,没有酿成大祸。

张明华觉得自己继续烧炭不会有出路。这以后,一有空闲他就下山往人堆里钻,想方设法打听新门路。

终于,村子里一百多亩的茶叶山即将公开招标。张明华觉得,这是一次难得的机会。

张明华打定主意要拿下这片茶园。皇天不负有心人,经过激烈的竞争,张明华终于竞标成功。拿下这块地,因为茶叶生意稳定,他准备兢兢业业,大干一场。

天有不测风云,现实与梦想总存在一定的差距。他是村里最早办齐制茶机器的,可山里的条件差,村里的变压器时不时就电压不足跳闸,或者干脆烧坏,没办法,张明华只能用柴油机临时发电,增加成本不说,还增加了很多不便。要是碰上没电又没油,真是巧妇难为无米之炊,张明华只能干瞪眼。

平日里,为了赶茶叶旺季能卖个好价钱,天刚蒙蒙亮,张明华就与工人们一起上山采茶,下午三四点钟回家炒制茶叶,一直要忙活到凌晨两点多。这样每日的循环往复,张明华的体力严重透支。

张明华清晰地记得,最忙的时候,他三天三夜都没合眼。当时,制茶工艺落后,除了刚开采那几天的新茶行情好一点,其他时间根本卖不出好价钱。

刘香花的工作则是每天为丈夫和三十几个工人上山送饭,一天要送好几次。

下雨天,茶园里毛毛虫很多,喷洒农药的时候身上湿漉漉的,非常难受,一不小心还可能中毒。但只要有收入,不管再苦再累,张明华始终坚持辛勤劳作,他坚信天道酬勤。

因为放心不下家中还在上学的小弟,张明华坚决不肯外出创业。

"只有他们考上大学,成家立业,我才放心,那是我的责任。"张明华总有自己要坚持的原则和底线。终于,两个弟弟不负所望,一个进了银行,一个成了医生,出人头地。张明华的担子终于放下了。

1998年,两个弟弟的工作稳定后,张明华又向朋友借了2万元在市区工商城开了一家快餐店。说来滑稽,刚开快餐店时,张明华很多东西都还不会用,煤炉也是第一次看到。但张明华敢做敢闯,他聘请专业厨师负责炒菜,自己则每天早上去市场采购食材,一段日子下来,效益不错。

2003年,全国暴发"非典",大家都躲在家里不敢外出,哪还有人出来吃饭啊。无奈,张明华只好关了快餐店。

后来,经朋友帮带,张明华开起了喜糖店,经过多年的口碑积累,喜糖店经营一直爬坡,而且还拓展了婚礼策划等新项目。

回忆起以前的苦日子,张明华感慨良多。现在日子是比以前舒坦了,但是村子里需要帮助的人还有很多。

"钱是赚不完的,还是回去搞好村子吧。"乡亲们的信任和支持,让张明华做了最后决定。刘香花也很支持丈夫。

就这样,张明华接过了村主任的接力棒。从此,他和村两委一起,开启了琴坛村建设的热潮。

乡村游带动发展

脱贫攻坚,关键在于带头人。带头人就是领头雁,往哪里飞资源丰富,领头雁知道。

张明华,就是这么一只领头雁。

上任后,张明华想得最多的就是如何带动村民一起发家致富。

琴坛村基础差、底子薄,这是客观存在的。要想脱贫致富,没有产业带动可不行。可是,让深山里的琴坛村找到脱贫致富的产业,实在很难。

张明华不敢闲着。每天一大早,他就起来,绕着村子一圈一圈地走,看着这片既熟悉又亲切的土地,他又想到了过去,那时,日子实在是苦啊,乡亲们时常揭不开锅,他依稀记得,长辈们带着他到山上挖野菜的情景。

回想过去的艰苦岁月,张明华心里更加明确,只有发展有特色的、农民自己能干管用的产业,才能真正让乡亲们走上致富路。

张明华和村两委的成员,一起坐下来开会研究,顺着廖祥海的远景规划,准备大力发展乡村旅游,以此带动农家乐和民宿的发展。

张明华的思路,很快得到了村两委的一致认同。

廖祥海很赞成张明华的思路,他早就想因地制宜发展乡村旅游。他还提出,在发展乡村旅游的同时,要保护和挖掘琴坛的客家文化,通过探索市场化运作模式来捕捉游客消费的兴奋点,通过旺盛的人气带动群众增收。

年轻人的想法,也赢得了乡亲们的掌声。

乡亲们没有年轻人的远景规划,他们讲究的是实实在在的好处。听说年轻人要发展乡村旅游,他们高兴地说,往后,高山茶、野生猕猴桃、乡野土蜂蜜……这些山里货再也不用愁卖不出去了。

有了发展思路,廖祥海、张明华又和村两委一起,请有关部门专家指导,还听取扶贫单位领导们的意见和建议。在有关部门的帮扶下,琴坛村积极争取"经济薄弱村发展项目",在村集体零收入的情况下,通过多方努力,筹资近百万建造村办公大楼,其中两层用于出租。

由此,琴坛村率先成为箬阳乡第一个办起民宿的村子。民宿刚建起来,就有游客来琴坛游玩,第一年村集体收入就多了3.5万元,而且按每年10%的比例递增。

2014年,琴坛村积极完善基础配套设施建设,建成300多米的护堤,沿河两岸建成两条600多米的亲水坡、游步道和4个拦水堰坝,还新建了2座吊桥和3个石亭,在村古桥头完成了健身小广场的建设。

每当周末,琴坛村就骤然热闹起来,携家带口前来小山村休闲旅游、体验农家乐的游客,便会穿梭在村中的大小弄堂,在步步登高的石子路上,留下他们的脚步。

一个清爽的早晨,我特意早起,独自到琴坛村体验,感受青山绿水带给人的滋养。在晨曦已将大地照亮、多数人还未起床的那一刻,晨风吹来,小山村宁静而幽雅,耳边除了溪水流淌声和小鸟的"叽叽喳喳"声外,只有自己的呼吸声。柔和的风从脸上滑过,那感觉实在太美、太醉人。

沿着村里的古道,我一边探寻,一边触摸这里的历史。在没有通公路之前,琴坛村的村民们外出都需翻山越岭。因此,村内至今依旧留存着当时祖辈翻越过的古道路段。

麻阳岭古道是当时村民们最常走的道路,古道入口就在村子里那棵有着 500 余年树龄的枫杨古树下。那天,我沿着山道向上走,拾级而上,每隔 200 米就立有指示牌显示路程。古道历经百年,在一代又一代的传承中,留下了无数历史岁月的痕迹,在人们口口相传中,与周边的一景一物融合成了充满神秘色彩的传说。

和全国各地的龙王庙一般,麻阳岭古道的龙王庙也有它的故事。传说这座龙王庙葬着龙子的母亲,原是这位女子年轻时被恶龙所骗,怀了 9 个龙子。天神知晓后,便在女子临盆时斩杀了 8 个龙子,而第九子在女子的苦苦哀求下留下一命,仅被斩断了尾巴。女子死后,每年清明节前后,九龙子都会回来祭拜母亲,所过之处无不狂风暴雨。而关于龙的传说,总少不了祈雨,以往村里大旱,村民们也都会到龙王庙求雨,非常灵验。

虽说如今交通便捷,外出也不再需要翻山越岭,但是麻阳岭古道并未因此荒废。沿途的风景、漫山的茶园都让这条历经百年的古道散发着新的生命力。

沿着古道一直走,跨过两条自然形成的小溪流,便可到行程 800 米处的景点蝙蝠洞,山尖的那块巨石就是蝙蝠洞的所在地。

到达洞口,习习凉风带着淡淡幽香,从袖口、领口直往身体里透,让你顿觉浑身舒爽。蝙蝠洞呈三棱锥锥体形状,三面都是洞口,洞内的岩石呈天然黑色。从山道进入蝙蝠洞,需要手脚并用爬下近 2 米的高坡。洞不大,却别有一番洞天。光线从山缝中透进来,照亮崖壁。站在其中一个洞口看,可见全村面貌。进洞后,从最后面一个洞口往上看，十多米高的上方，一块大岩石如飞来石一般架在两块山崖上，仿佛一个"天门"。

传说五龙子路过此处不幸撞到山体而亡。直至七七四十九天后，被一群夜行的蝙蝠路过发现，为了守护龙子的尸骨，这群蝙蝠再也没离开过，而这三个洞正是被五龙子撞出来的。

继续往上走，可见有着"十步一银元"之说的台阶。据村里的老人说，这是百年前为了方便村民出行，村内张、廖两户发起，村民们共同出资，用一个银元十步台阶的造价修建了这段石板道，足足修了 7 千米。到如今，这条石板道依旧保存完好。

古道承载了历史岁月的痕迹，寄托了琴坛几代村民的情感和回忆，形成了内涵十分丰富的古道文化。

游客的增多，自然带动琴坛村的发展，名不见经传的小山村因乡村旅游业的发展，撬动了全村的经济动脉。

"原来金华的大南山中还有这样一块风水宝地，真难得。"

"云深不知处，此处别有洞天。"

"琴坛山好水好，风景比我家乡好。再说，这里玩一天、吃一天、住一天，花不了几个钱。"

……

初到琴坛村游玩的游客，都会纷纷感慨这里的美景，而他们很多都是慕名而来的。

农家乐鼓了村民的腰包

2015 年，琴坛村针对实际情况，因地制宜壮大民宿、农家乐。同时，在村中几个标志性景点蝙蝠洞、石人坑采用自建和投标方式建设了 6000 多米的游步道，在情人谷完成了露营基地平整工程，同时在宅基自然村启动了本村的公墓和林道建设。

当乡村旅游和民宿成为琴坛村每家每户的小银行时,琴坛"华东客家第一村"的旅游品牌打响了。

廖昌明就是在村两委的帮扶下办起农家乐和民宿的。廖昌明是一个残疾人,腿脚不灵便,走路一瘸一拐,年轻的时候在家要手艺没手艺,要力气没力气,整天只能游手好闲,坐在牌桌上度日,眼看年过30了,却还是光棍一个。后来,他跟人到金华打工谋生,带回了一个贵州姑娘,也很快有了儿子,但是喜悦过后的忧愁让他根本笑不出来,以前是一人吃饱全家不饿,现在老婆、孩子都要吃饭。一年忙到头,只能赚两三万元。

村里的乡村旅游发展起来后,看着乡亲们在家就能挣钱,廖昌明跃跃欲试,也想回家办农家乐和民宿。他找到张明华:"明华,我在金华每年挣的钱除去房租、水电,仅够维持日常开销。现在我想回来,办个农家乐,你看这事好办不好办?"

张明华听后很感动,村民有事找他,这是信任他。不管怎么说,张明华也想帮他一把。十多年前,廖昌明向张明华借了4000元钱外出谋生,这么多年过去,也没还回来。张明华知道,廖昌明办农家乐,最大的问题就是缺资金。

于是,张明华马上以村里牵线的形式帮助廖昌明向农村信用社申请了5万元的低息帮扶贷款。有了资金,他又陪着廖昌明置办厨具、桌椅、床铺及其他材料,并进行装修。楼下开农家乐,楼上开民宿,一切打点妥当就开张迎客了。

在店名上,廖昌明一开始想取名"瘸脚饭店",张明华觉得不好听,考虑到廖昌明自身残疾和饭店特别小,张明华参考了金华本土节目《天天三句半》的名字,取名"三桌半"。旺季时,游客多,廖昌明的生意自然好。淡季时,廖昌明和妻子就在家忙活,两年下来,不仅把欠张明华的 4000 元还上了,连农村信用社的贷款也还了一大半。

每次说起张明华,廖昌明都心怀感恩。他说,没有张明华和村两委,他的生活不会像现在这样舒坦。

在没有办农家乐之前,张明荣是个只求吃得饱就满足的人。年近 40 了,既没工作,也不爱干活。

张明华是急着想找他,他却不想见张明华。"明华这个人很凶嘞!"一见明华,他心里就发毛。

张明荣走路都绕着张明华走,老远瞧见了,还假装没看到。但躲得过初一,躲不过十五,正所谓冤家路窄。

"整天没个正事,不去找活儿干。自家茶山摘摘茶也有百八十的,就是不干,烟钱还管老婆、老娘要,哪里像个男人?"

"明华,你帮我找个好行当!"

张明华猛地拉下脸:"打工你嫌累,开车又不愿意干,当保安说丢人,你到底要哪样?"

"跟你弟弟一样,银行好,人家说银行有十万二十万一年哩。"

"小钱眼不开,大钱赚不来!"明华把嗓门提了提。

张明荣低下了头,明华不减火力:"村里旅游搞起来了,我来手把手教你做农家乐,这个如果你都不想干,我看你也没救了!"一席话,说得张明荣点头如捣蒜。

从资金贷款到装修屋子再到购买橱柜,张明华全程参与。2015年"五一"小长假,张明荣的小餐馆正式营业。

因为生意不错,张明荣也学会了吃苦耐劳。再遇上张明华,他不再绕道走了,笑呵呵地说:"这样干干还真不错。"

遇上旺季,张明荣的小饭馆每天营业额能达到四五千。日子越过越好,也让张明荣看到了希望,他说:"儿子现在读高中了,借着村里旅游开发,我要踏踏实实多赚点钱。"

张明华听了,心里很高兴。乡村游给老百姓带来了实实在在的好处。

说起乡村游带动的农家乐,邹子法夫妇直夸年轻人能干,农家乐让老两口尝到了甜头。每到周末,他们就会忙碌起来,一边接待来琴坛游玩的游客,一边吆喝乡村的土特产。遇上喜欢山歌的游客,邹子法夫妇还会唱给大家听。用妻子张志英的话说,这样的生活很快乐。

那天,我和一批艺术家去琴坛实地考察,刚好来到邹子法家。夫妇俩热情地接待了我们,张志英忙拉起丈夫说:"我们给大家唱一曲。"一曲唱完,他们又唱起采茶歌,优美的曲调赢得了大家的阵阵掌声。

邹子法的祖父和父亲都是唱山歌的好手,在家庭的熏陶下,邹子法从小就跟着祖父和父亲学唱小调,久而久之就唱熟练了。到了十几岁,邹子法已经会唱几十首山歌,不同的曲调、不同的节奏也让他深深爱上了唱山歌。后来,他和同样爱唱山歌的张志英结婚。

在生活困难的日子里,他们也不忘寻找生活的乐趣,只要有空暇,夫妻俩就会唱唱山歌,这个习惯一直坚持到现在,他们把唱山歌当成了生活的一部分。

从动听的歌声里,我们也听到了他们生活的美好以及乡村振兴的故事。邹子法说,这些年,村里发展了,老百姓的腰包自然鼓了。

在村两委的帮扶指导下,这几年琴坛村发展了 10 个土菜馆,约450 个餐位和 15 户客家民宿 140 个床位,深度发掘琴坛村特色饮食、特色小吃文化,利用乡村自然环境、景观、特色文化、民俗,让人们深度感受民风、民俗,于幽雅宁静中体验乡村生活。

游客的增多,人气的集聚,也使小山村接轨都市有了便捷的通道。如何引得进、留得住客人,成了琴坛人的首选问题。

张明华又和村两委商议,在村集体资金短缺的情况下,于 2016

年 8 月又投资 5 万多元开通了无线网络,率先在婺城区内整村实现了 Wi-Fi 全覆盖,进一步提升了乡村游的内涵和品位。无线网络俨然成为"浪漫琴坛"的免费宣传员。仅这一年国庆黄金周期间,村里就接待游客 6000 多人,收入 30 多万元。

琴坛,也以一种崭新的面貌,向世人展示着婺南山村的秀丽风光。邹子法和张志英夫妇俩笑容满面,眼下,正是旅游旺季,他经营的土菜馆每天都有客人。"农忙时采茶,农闲时把锅刷"成了不少琴坛村民的生活常态。

规划建设旅游接待中心

年轻人的"野心"远不止于此。看到乡村旅游增加了村民的收入,廖祥海、张明华都为当初的远景规划感到欣慰。

这些天,张明华找到廖祥海:"祥海,现在乡村游发展起来了,旅游接待中心建设,我看势在必行了。"

"是啊,现在游客多了,旅游接待却没有统一安排,不利于我们村的发展啊。"廖祥海很赞成张明华的提议。

可是,建一个旅游接待中心,谈何容易啊?旅游接待中心对地理位置、土地面积都很有讲究。

"村中心的位置最合理。"张明华说道。

"是啊,在这个中心位置规划旅游接待中心,肯定是最佳选择。"廖祥海说。

可是,村中心这个位置,分布着祖祖辈辈留下来的 15 间茅坑。涉及的农户就有几十户,拆掉这些茅坑,腾出位置造旅游接待中心,难度可想而知。

虽然村里的乡村游发展了,但是一个不容忽视的事实是,每每起风的日子,村子中心就会臭气熏天、怪味乱窜,清风带来的不是香气,而是臭气。

其实,早在 2014 年,这股臭气就堵在了刚接下村主任交接棒不久的张明华心头。这些老祖宗留下来的集体茅坑,因为村对面鹰嘴岩的迷信传说,成了村里动不得的"宝地",老人们都说:"移了这些茅坑,村子里是要受天火之灾的。"

张明华心里清楚,这里是村子里最中心的位置。村子要想把乡村旅游发展好,这个"臭源头"必须消灭。

前几年,因为修路和其他一系列的工程,拆茅坑这件事一直没有提上议事日程。现如今,是时候解决这个问题了。

张明华马上和廖祥海商量,不管多么难办,都要把拆茅坑这件事提上议事日程。

廖祥海也认为,是时候了。

说干就干,廖祥海和张明华组织村两委班子开会讨论,大家一致决定:拆!

经过仔细的研究和摸排,此次拆除对象是 15 间茅坑和几幢两层楼的民房,涉及民户 20 多家。为了能彻底摘除这个长在琴坛脸面上的黑痣,村两委兵分 6 组,按照"沾亲带故"的思路迂回攻破,廖祥海和张明华则认领了最难说话的几户。

虽然一开始就知道这是难啃的硬骨头,但后面遇到的情况还是始料不及。通过分工,村两委分别进入农户家游说,走进每户人家平均不下 15 次。

村民们说,这些年,村里环境好了,大家有目共睹;但是,山区房子大部分是土坯房,没有卫生间,茅坑拆了,村民上哪方便?

"村里建了公厕,乡亲们有的离公厕远,自家茅坑方便,这是我们都理解的。自拆掉茅坑,把村庄品质提升上去,也有利于我们村的发展,最终受益的还是乡亲们啊!"

廖祥海和张明华开始了艰难的游说过程。

可是任由他们磨破嘴皮子,乡亲们始终无动于衷。

有些人以在外亲人不同意、家里人没商量好等理由推脱,有些则人以赔偿金额太少、要求批基建房等理由加码加价。

张明华印象最深的是,一户廖姓人家,兄弟五个,茅坑数量多,而且最靠路边,每次上门不是说让村两委先跟他两个兄弟谈,就是让村两委再找他儿子谈,最后都谈妥了,他本人又不肯拆,还以"最临街"为由要求原地原平方归还。

另一户邓姓人家的工作也很难做,他家这次涉及拆的是一幢两层的平房,以前在村里用来开小卖部,后来在外做生意赚了不少钱,所以根本看不上这几块钱的赔偿款,硬拖着不肯拆。张明华前前后后跑了十多次,又一次次请这家户主吃饭,因为是自家亲戚,张明华软磨硬泡,最后这家户主表示,随大流。大家都拆他也拆。

经村两委研究决定:琴坛村茅坑如期开拆! 当天,所有的挖机进入村子后,有农户就拦在了最前面,声称要强拆他就以死抵抗。

早就预料到这种情况的村两委在行动之前就把乡政府工作人员、民警、全村党员及虽在外工作但在村里说话有分量的人都叫到了村里一起做工作。

在拆迁现场,村主任张明华说:"为了提升琴坛村的村容村貌,更好地发展乡村旅游,不管怎么说,茅坑今天肯定要拆了!"

现场一片嘈杂,张明华继续说:"我要感谢乡亲们,是你们的支持,让我当了村主任。当了村主任,我就要为村子发展着想。今天,大家也许会不理解,我相信等旅游接待中心建起来,大家钱袋子鼓起来的时候,肯定都会支持的。"

张明华不怕任务艰巨,他只相信心里装着老百姓,乡亲们迟早都会理解他的。

功夫不负有心人,张明华最终说服了乡亲们,第一户的茅坑顺利拆除。

廖祥海则千方百计地做村里党员户的工作,他以聊家常的方式说动老党员发挥示范作用,并希望以老党员带动其他村民共同支持村两委。

老党员廖樟德被廖祥海说服。廖樟德说:"我是老党员,应该支持村里的工作,拆除茅坑,我带头。"

廖樟德的话,也让村两委感动,他还做其他居民的思想工作。他对其他人说:"如今,村庄建设得这么好,都是大家共同支持的结果啊。我们应该支持村里的工作。"

一段时间后,15个茅坑顺利拆除。如今,这块地方修建了琴坛村旅游接待中心,建成的旅游接待中心集旅游接待和土特产销售于一体。游客来琴坛游玩,不仅有了统一的接待安排,而且可以购买自己喜欢的土特产,这也令游客在琴坛游玩更加舒适。

同时,为了美化村庄环境,琴坛村还完成了村庄规划设计工作。结合山区特点,利用丰富的毛竹资源,挨家挨户做起了栏杆、篱笆,用生态、美观的方式美化村庄。

遭遇迁坟大考验

走进琴坛村会议室,一道金光闪闪的"奖牌"格外显眼,在阳光下,晃得人睁不开眼。

这些荣誉绝对实至名归,以廖祥海、张明华为主的年轻村干部短短几年时间里,把一个一穷二白的小山村建设得像模像样,村民足不出户,就能赚钱。

乡村游给琴坛村带来发展的同时,停车难问题随之而来。建一个停车场,缓解游客停车难势在必行。2016年年初,箬阳乡党委政府就召集廖祥海、张明华专题研究琴坛村乡村旅游的发展问题。

"琴坛村地理位置特殊,到处是坟山,坟墓不搬迁,怎么建?"箬阳乡人大主席傅金良是琴坛村的联村干部,他多次找廖祥海、张明华,山区要发展,这事得抓紧!两个年轻人心里比谁都明白,再难,也要咬牙做。

这些年,廖祥海和张明华做了不少民生实事,也没少遇难题。但迁坟这样的事,他们还是有些担忧,主要是心里没底。

迁坟是大事,工作巨细无遗,廖祥海和张明华组织村两委研究,公墓建设要先行。在上级政府和部门的高度重视下,琴坛村的公墓建起来了。

廖祥海、张明华随即召开村两委会,决定分组行动;同时,号召党员、村民代表带头表态。

"迁坟是早晚的事,腾出土地是为了琴坛的发展。琴坛发展了,老祖宗看在眼里,肯定也高兴。"

于是,村两委实地编号登记每一穴坟墓,然后,开始进户做工作。

一次次的走访,一次次的动员,廖祥海和张明华充当宣传员,他们放下身段,收起脾气,别人指着鼻子骂,他们赔着笑脸;别人胡搅蛮缠,他们摆事实、讲道理;别人闭门谢客,他们拉着一群亲戚、朋友,软磨硬泡。

耐心、细心、诚心加上不灰心,一来二去,廖祥海说服了不少人。但张家迁祖坟的事,却怎么也谈不拢。

张家祖坟有5个。子孙们很多已经不在琴坛,外迁到武义。工作难度可想而知。张明华和村两委班子成员前前后后走访了10多次,不是这头答应了,就是那头反悔了。最后好不容易谈妥,外迁武义的子孙派出十多个代表来谈判,一起到现场查勘。

可是,子孙们提出,我们外迁了,现在生活得顺利太平,日子也和和美美;万一迁了祖坟,坏了风水,谁来承担?一席话后,谈判进入僵局。

张明华苦口婆心:"兄弟们,你们是外迁了,可祖先在这里,从琴坛发出去的子孙,从内心讲,你们也希望祖辈的村子发展得更好。你们和琴坛也是一家人,一家人谈话,我们不套近乎,有啥说啥。兄弟说话,我们也都不能生气。"

张明华的一席话,打破僵局。

"能不能不迁,不说迁坟费一个祖坟补偿 1000 元,我们每穴补助村里 1 万元,保住祖坟,不能破了风水。"

"坟肯定要迁,这没得说。还是那句话,村子发展了,兄弟回家也才光荣。"张明华态度坚定。

"那么你们写保证书,保证迁坟了我们平安无事,万一出了事,就是坏了风水,是迁坟影响的。"一番话后,大家不欢而散。

张明华心乱如麻,真是快没辙了,他翻看着张家子孙名录。忽然,他眼前一亮:张根盛!他已 80 多岁,在家族里说话有威信,不如找他出面。

说干就干,当天,张明华就找到了张根盛。

"张大伯,我是明华,迁坟的事还要请您出马帮忙。您是张家的长者,我觉得,您说话肯定行。"

张根盛一听这话乐了,这年轻人挺会说话,高帽子一顶接一顶。这些年,看着村里在他带领下富裕起来,老伯心里明白,这孩子肯干事。他本就有心出手,于是顺水推舟,揽下了这事。

随后几天,张根盛把儿子叫回来,一起做外迁武义子孙的思想工作。张明华也不忘旁敲侧击:"张大伯呀,我猜该有效果了吧,这可都拜托您了!"

张大伯先后几次主持召开家族会议,商量相关事宜。最终,张家祖坟,搬迁成功。

只要能把事办好,厚着脸皮求人也值,该找关系的还得找关系。张明华这话,说的就是借力使力的道理。

张明华聪明,懂得服软变通,但一定要在他的原则内。如果要破坏规矩,他绝不答应。也正是这样的规矩,张明华得到了村民们的认可。

坟墓搬迁到一半,一件悲痛的事实让张明华至今觉得亏欠。一个星期日,张明华突然接到弟弟打来的电话,电话那头,弟弟哽咽着:"明华,快点来医院。咱妈不行了。"

张明华怎么也不相信,身体一向强壮的母亲怎么突然不行了?

赶到医院,张明华怎么也不敢面对,母亲经抢救无效离世了。

张明华还来不及再喊一声妈,眼前,这个七尺男儿再也忍不住内心的悲痛,大声哭出来。

乡亲们知道后,诧异和悲痛的同时,大家一致认为,这是明华在村里迁坟惹的祸。

乡亲们纷纷劝道:"明华,迁坟的事停停吧。"

张明华说:"我是共产党员,我既然当了村干部,哪有半途而废的事,我要继续做下去。"

见张明华态度坚定,乡亲们拍拍他的肩膀。基层工作不怕任务艰巨,最怕半途而废。一件事办不好,往后工作就很难开展。

张明华的执拗,也赢得了大家的赞誉。

迁坟工作在经历了困难、坎坷后,后面的工作变得顺利了很多。

迁坟后,村里建起了 5000 平方米的停车场,大大缓解了乡村游村里停车难问题。

客家文化展览馆建成了

随着乡村旅游业的发展,琴坛村民的眼界打开了,观念也转变了。在村干部和村民们下决心选择生态旅游立村后,许多在外谋生的村里人回来了。可是,新的问题也接踵而至。

青山绿水,全国各地俯拾皆是,如何才能出奇制胜?琴坛村的祖先在300多年前由福建省龙岩市上杭、长汀、古田一带迁居而来。由于历史原因,作为当时客家人的一支,他们在此繁衍生息数百年。

长期以来,村民们心头有个大问号:"我从哪里来?"

2015年6月,从福建来了几个人找到村里做族谱,对方讲的方言居然和琴坛人说的"客家话"一样。村民们欣喜万分,他们这才知道,他们是汀州客家人的后裔。

廖祥海和张明华商量,现在,各地乡村游都如火如荼,如果没有自己的特色,琴坛的乡村游就会缺乏竞争力。我们不妨在"客家"文化上做做文章。

很快,他们就请来了扶贫单位的文化专家来村里现场指点。文化专家建议,挖掘发展客家文化,以客家文化为主轴建立乡村旅游体系。

廖祥海和张明华根据文化专家的指点,开启了弘扬客家文化的进程。这一年,琴坛村就成功举办了首届客家民俗文化节。来自四面八方的游客在这里品尝客家特色小吃千层糕、玉米拳头馃,观赏客家拳表演,聆听古老的客家山歌对唱。

民俗文化节的举办,让村民对客家文化有了很深的认同。同时,为了更好地挖掘客家文化,廖祥海和张明华商议,开启寻根之旅,解开琴坛人心中多年的疑惑。

早些年,琴坛村修撰过一次家谱,村里请来的先生在福建省上杭县古田镇也修过廖氏家谱。当廖祥海他们提到祖先来自福建时,先生说,古田镇有个大型的廖氏宗亲会,从家谱上来看,琴坛村的廖姓很有可能是从古田镇迁徙过来的。先生无意间说的话给了村民很大的启示。

2015年下半年,廖祥海、张明华带着几位村民来到了福建上杭县古田镇。

当天晚上,廖祥海、张明华等人吃晚饭时,听到饭店老板那熟悉的客家话,和平常村里人之间说的话一模一样,他们激动不已,一种回到"家乡"的感觉油然而生。

第二天,廖祥海一行找到了古田镇廖氏宗亲会的会长,向他解释了此行的目的。廖会长翻看了琴坛村廖氏家谱,结合古田镇的廖氏家谱,推测出琴坛村廖氏是从古田镇五龙村迁徙过去的。廖祥海一行又来到了五龙村,对照着两个村的家谱,这次完全对接上了,琴坛村第一代开拓者在五龙村家谱上有记载。

琴坛村距今已有近300年历史。清朝雍正年间,廖姓四人与邓家两兄弟从福建来到金华开染坊,后因在琴坛种植靛青而定居下来,至今已经是第九代。随后迁来的是逃避战乱的张姓祖先,其他姓氏也相聚迁徙而来,形成了一个完整的村落。

寻根之旅圆满完成,琴坛村便启动了客家文化展馆的建设。文化展馆由风俗廊、村志廊、名人廊等几部分组成。在风俗廊中有一个茅草做的亭子,寓意客家祖先迁徙到琴坛村时所住的茅草屋。墙壁上挂满了介绍琴坛风俗的文字和画像。风俗廊中最重要的是保存至今的农家古物,舀水的葫芦勺、纺纱的手工木纺车、山上采茶时坐的茶叶凳、装新茶叶的茶筒、搓麻绳用的麻绳蛋、煤油灯、木匠用的墨斗等。农村生活清贫而富有原始魅力,这些年保存的古物向人们展示了古代偏远农村的生活景象。这些古物都是村民捐赠,听说要建文化展馆,村民都非常支持,纷纷把以前保存的物品捐赠出来,让后人体会到祖先生活的艰辛。

作为文化之旅的核心,客家文化展馆的建成,让游客零距离了解客家文化,琴坛村的乡村旅游也进一步得以做强做大。

2016 年,琴坛村凭借天然的地理环境以及日新月异的变化,吸引了哈尔滨师范大学、象山画家群、宾虹书画艺术研究院等一批艺术家前来采风研学。

无论是晴天的油彩画还是雨天的水墨画,艺术家笔下的清溪、奇石、古道、茶园、山林等多姿百变的美景经各级媒体的多方传播,客家风情旅游村"画里琴坛"的美名进一步叫响。

廖祥海走上乡镇领导岗位

廖祥海没想到,自己放弃生意回乡当书记的第六年,竟会走上镇领导干部的岗位。

2016 年 6 月底,婺城区在全区开展面向"三类人员"(优秀村社区党组书记、大学生村官、乡镇事业干部)择优比选乡镇领导班子成员预备人选。

此次拟选拔乡镇领导班子成员预备人选 10 名,其中面向优秀村(社区)党组书记择优比选乡镇领导班子成员预备人选 1 名,面向优秀大学生村官择优比选乡镇领导班子成员预备人选 1 名,面向优秀事业干部择优比选乡镇领导班子成员预备人选 8 名。

这些年,廖祥海因为出色的工作,先后获得金华市优秀青年、浙江省千名好支书等荣誉称号。这次比选,廖祥海符合条件,抱着试试看的心态,廖祥海参加了公开比选。没想到的是,通过笔试、面试、考察等程序,廖祥海从众多优秀村(社区)党组书记中脱颖而出,并成功当选。

廖祥海心里明白,自己能够脱颖而出,离不开党组织的培养,更离不开这些年担任琴坛村党支部书记的工作经历。

他依稀记得选拔程序中面试的环节。

面对"作为村(居)党组书记,假如你成功当选,角色转换后,你会怎么做?"以及"面对群众纠纷和突发性事件,你该具备怎么样的应急反应能力?"等题目时,廖祥海觉得异常熟悉,几乎不用思考,他就给出了答案。

这样的题目,在六年村支书的工作中,曾经多次真真实实地出现过。不管是在配合政府打通琴南公路,还是在迁坟过程中,这些具体又艰难的工作,只能一个一个攻克。廖祥海深有体会。

他忘不了,针对最初配合打通琴南公路修建时,村里一个村民说什么也不愿意配合拆除房子,动员他的工作自然落在廖祥海身上。

那天,廖祥海还没进村民家的门,村民就丢下一句没什么好说的,理都没理廖祥海就走开了。

廖祥海觉得委屈,却也无计可施。

冷静下来的廖祥海开始想对策,村民不肯理我肯定有原因。廖祥海决定先了解村民的利益诉求,这一了解,还真找到了"症结"所在,原来,村民担心房子拆除后村里无法给他安置一个地方建房。

找到症结,再对症下药,事情就好办多了。廖祥海找到这个村民最亲近的人,跟他搭上关系,建立起感情,让他不那么排斥自己。然后他把村民的忧虑一五一十地说出来,真诚地跟他讲政策,讲村里在合理的条件下会解决好他的问题。这样一来二去,这块硬骨头也就啃下来了。

"只要心里装着老百姓,想方设法为村民办事,再大的困难都能解决。"这是廖祥海这些年农村工作以来的最大心得。

他忘不了，一次，一个因为宅基地纠纷问题的村民冲到廖祥海身边，情绪十分激动，扬言如果村里不给他解决好自己的问题，他就会到省、市信访办上访。那阵势真像随时都能挑起一场战争。

廖祥海没有手足无措，而是从容应对。他耐心听村民讲述自己的问题，让对方将满腹怨气发泄出来。

廖祥海心里明白，只要村民愿意把怨气发泄出来，这事就算解决了三分之一。因为，只要能认真倾听村民的诉求，村民就会信任你。

接下来，廖祥海找来产生矛盾纠纷的双方，仔细了解事情的来龙去脉。"邻居是抬头不见低头见，也没什么大矛盾。"经过耐心了解、劝解，结局是皆大欢喜。

担任村支书这些年，这样的事情比比皆是，对廖祥海而言，快乐与泪水并存。

2016年11月，廖祥海正式上任箬阳乡副乡长，虽然角色转变了，但廖祥海很快适应。具备了村里解决问题的经验，廖祥海很快得心应手。

廖祥海说，村支书的历练让他受益匪浅。

他又想起当初回村当书记时老书记对他说的话："共产党员就是要全心全意为人民服务，为老百姓办事，这就是最大的生意。"

美丽乡村这样走来

2017年，党的"十九大"顺利召开，标志着中国特色社会主义进入新时代。党的十九大报告提出的乡村振兴战略，开启了新时代美丽乡村建设新征程。

廖祥海担任副乡长后不久，琴坛村村支书的接力棒就交到了年轻人余根基的手上。这些年，琴坛村的发展取得了令人瞩目的喜人成绩，如何顺应村民对美好生活的向往,建设生态宜居的美丽乡村成了余根基思考的重点。沿着远景规划,琴坛村又启动了新一轮的发展。

2018年11月24日,刚刚上任不久的婺城区委书记蔡艳带领区农办、农林局、财政局、旅游局、消薄办等单位部门负责人,利用周末时间来到箬阳乡调研,琴坛村是蔡艳此行的第一站。在琴坛村,蔡艳一行向乡、村负责人详细了解村庄历史、特色景点、接待能力、文化礼堂、美丽庭院、客家文化挖掘及特色产业发展等情况。

实地走访后,蔡艳指出,生态经济是一项富民富村的"两富"工程,要依托生态资源做强生态产业,走出一条特色发展之路。

就加快村庄发展,蔡艳重点强调了五点要求:一要大力发展生态经济,挖掘"生态金矿"。要解放思想,处理好"有为与无为""可为与不可为"两种关系,在守住"绿水青山"的同时,积极发展绿色生态经济。要全面深入地理解和吃透生态经济这篇文章,厘清思路、寻找出路,用好金融工具,不断把资产、资源、资金转化为增收资本。二要树立更大目标、更大决心、更高要求、更高标准,做好"两富"工程。要志存高远,致力于为老百姓的幸福生活而奋斗。夯实产业发展基础,拓展发展平台,促进规模化发展,提升生产力。三要做精品农业,强特色农业。以市场需求为出发点,立足发展都市农业育品种、建品牌,提高市场竞争力。四要做好人才文章,强化智力支撑。乡村振兴,人才是关键。大力引育科技人才,做好科技兴农文章。要放大本地人才作用,壮大工匠队伍,助力产业兴旺。五要推进"基层党建＋社会治理"。强化党建引领,做好小城镇建设后时代长效管理的后半篇文章。借助西南山区全域旅游平台,打响"花满箬阳"品牌。

蔡艳为琴坛村的发展指明了方向,箬阳乡和琴坛村的全体党员干部都深受鼓舞。2019年4月,经过前夕筹备,琴坛村承办了箬阳乡首届茶文化旅游节。活动当天,活泼柔美的舞蹈《幸福箬阳》向观众们述说了箬阳人民的幸福生活；悠扬的客家山歌把山民从福建汀州府迁徙而来、作客金华 300 年的故事娓娓道来；仙袂飘飘的茶仙子从云雾缭绕的茶园款款而来、翩翩起舞让人陶醉……尤其让人称道的是禅舞《春之茶》，伴着高山流水般的古筝曲，在绵延千里的茶园背景下，舞台上人与箬阳的景浑然天成，幻化成一幅宁静致远的写意画，悠悠茶韵尽现。

琴坛村的百姓纷纷告诉我，如今，他们的生活就像这美丽的画卷。当天，村民们趁着茶文化节这股春风，早早支起摊位，将客家美食与非物质文化遗产摆上台面。游客们或畅游茶海赏花嬉戏，或步入茶室品茗学习茶道，或踱步非物质文化遗产摊位前欣赏拍照晒朋友圈，好不热闹……

余根基告诉我，茶叶这张绿名片，使得琴坛既有"绿水青山"的颜值，又有"金山银山"的内涵。当前，他们正按照区里的"双城"战略描绘的宏伟蓝图，大力发展生态经济，重点挖掘"生态金矿"，将茶、旅、文、养有机结合，推动琴坛实现新一轮的发展。

如今的琴坛，再也不是蓬头垢面的邋遢模样。你走近她，仿佛走近一个美丽善良的采茶女，纯洁明亮的双眸、精致得体的发髻、山花点缀的腮红、一袭青绿相间的罗裳……她一招手，便能令人神往。

空青也白头

周　玥

壹

空青在案台上醒过来的时候，一场细雨正要飘近小镇。空青侧着脸趴在案台上睡了一宿，一头乌黑的长发，一双水汪汪的大眼睛，美得一塌糊涂。空青感到头有些微沉，她直起身子靠在高背式的官帽椅上，用掌根使劲按了按太阳穴。她看到台面上剩着半壶樱花酒，还有一幅未落款的《心经》，这才想起自己昨夜挥毫泼墨时一不小心小酌过了度。初春的樱花开得正旺，空青总会摘一些新鲜的花朵酿酒喝，成酒后把它们分装在一个个透明的玻璃瓶里。樱花酒独有的粉色酒液，就像少女脸上泛起的红晕一样好看，让人总会忍不住想多喝几杯。

"酒入豪肠，七分酿成了月光\余下的三分啸成剑气\绣口一吐，就半个盛唐。"空青小声呢喃着，随手拿起案台上的红木梳，一边梳着头，一边起身往窗边走。阁楼的窗一夜未关，洒在木地板上的不再是皎洁孤独的月光,而是接近晌午明媚又温暖的阳光了,阳光把空青乌黑的长发照得像橱柜里的高档绸缎一样亮得发光。空青看见窗外的姑娘们都五颜六色的,就像一只只从花圃里飞出来的蝴蝶,欢腾地扑着翅膀,三三两两地往古桥方向赶。

她们要飞去哪? 是城里来了戏团吗,还是来放电影了? 空青探出头问对门剃头店的常山。常山正在给客人洗头,他只能在屋里扯着嗓子应:"你不知道呀? 镇医院来了个男大夫,小伙子俊得很,听说还是个城里的大学生,叫广白。姑娘们没事就冒充个头疼脑热的成天往门诊跑,听说门都快挤破了。"

"哦。医术好吗? 治不死人吧?"空青笑了一下,说。

治不治得死倒不清楚,能迷死人是肯定的。常山拎着一双湿漉漉的手走到剃头店门口,朝空青坏笑了一下。一看就是刚给客人洗完头,都还没来得及擦干。常山接着又说,你常嫂也去凑热闹了,说是帮她表妹山栀看看。

"空即是色,色即是空。"她们是没念过《心经》。空青说着把头从窗外伸了回来。

常山拎着那双湿漉漉的手站在对门看着空青,半天愣是没想出一句合适的话来回击。他其实是有话可说的,但又怕说出来伤了人。

我看你是《心经》念多了。你干脆去庵里吧! 我倒也省了心。

这时,一个熟悉的声音传入空青耳里,这个声音像下水道的塞子一样,一下就服服帖帖地堵得空青说不出话来。常山当然也同时听到了,他咧着嘴露出了一排他三十多年的大黄牙,他的眼睛都笑得挤成了一条缝,他说,哈哈哈。我今儿客人多,我得忙了。哈哈哈。

空青朝常山挤了个白眼,然后转头对着那个声音露出了一个灿烂得不能再灿烂的微笑,说"爹! 您怎么来了?"。

"我是你爹。我还不能来找你了?"那个声音一下钻到了空青的书院门口。

说话的是老商。老商的大驾光临,让空青一下子觉得日子变得好玩了起来。老商在镇上有间百年老字号的药铺,说是从她的太太太太婆手里就一直传到现在的,老商自然也想让空青继承这间药铺,毕竟自己的年纪越来越大了。可是空青不愿意,空青说,药铺是你老商的,你想给谁是你的权利,但接不接受是我的自由。老商当然气坏了。爷俩在药铺里嘴仗了八百回合也没分出个胜负。最后,空青随手从药柜里抽了两味中药,一味是半夏,一味是苦酒。她说,我要开书院了,我要在镇上开一家叫"半夏苦酒"的书院。于是,五年前,小镇上就多了一家颇有性格的书院。

空青是镇里出了名的才女。没开书院前,她就写了不少书,还练得一手好字,画的白莲更是一绝。开了书院之后,空青一边写书习字,一边经营,日子过得温暖缓慢,就像一朵不属于任何人的云。其实,说是经营,不如说是"玩"来得恰当些。书院的故事都是空青自己写的,每周不定时说书,全凭她的心情。来兴致的时候,空青会在书院门口摆个牌子,写上当日的故事名称。客人花上 36 元就能在书院坐上一整天,店里的花生、花酒和花茶随便吃喝,也就一包大前门的烟钱,但仍有客人对这书院的票价表示不满。为什么是 36 元?偏偏要弄个零头膈应人,还得找零多麻烦。空青就笑笑说,36 元就是 36元,哪来的这么多为什么?这天为什么是蓝的,这云为什么是白的,你说得清吗?我就是看这 36 元顺眼。说完,她总会撩一撩她那头乌黑的长发。

除了才华,空青最骄傲的就是她一头乌黑的长发和一双会说话的大眼睛。特别是那头乌黑的长发,美到让全镇人都嫉妒。当然也会有眼红的人说些"这头发再美也有白的一天"之类酸溜溜的话。空青就会说,这人活得再好最后不都得死?这头发还不能白了?谁都一样,推进火葬场,嗞啦一声,全是灰了!空青总能把世事都看得透透的,说的话也总是让人哑口无言;再加上她平日喜欢琢磨什么文学艺术的,一副"可远观而不可亵玩焉"的高高在上的样子,让镇里人都觉得她清高得很。所以,镇上的大多数男人都把对空青的爱慕偷偷放在心里,偶尔也有几个不怕死的主动追求或是干脆找老商到家里去提亲,但都无一幸免,全军覆没。空青说,我就是高傲了,我就看不上这镇上的男人,怎么了? 这让老商很为这个眼睛长在天上的闺女发愁。好在书院的生意从来不会差,只要开门,上门的客人总是不少,不仅是因为空青的才情和美貌,更是因为空青讲的故事总是能把人牵动得一会捧腹大笑,一会泣不成声。这 36 元花得值当。

空青从阁楼上跑下来准备给老商开门。书院的门是用木板一块块拼起来的,把它们卸下来得好久,老商站在门外给空青搭把手。还没卸完,天突然飘起了细雨,但太阳依然高高地挂着,阳光明媚。江南的小镇总爱下这种让人猝不及防的太阳雨,镇上的老人就爱哄孩子们说,淋了太阳雨的人能变聪明,这是神明心情大好的时候给人们的礼物。空青每次听到有人这么说,就会笑着说,那我一定是小时候我爹给我淋多了。

昨晚又看了一宿的书吧! 老商说着走进了书院,找了一个敞亮的位置坐下。老商已经半年多没进来好好坐了,平日有事都是站在门口喊一声,少有闲暇会想着进来坐坐。空青想,老商一定是想她了。老商没有忙着用眼睛环顾书院四周,而是闭上眼,深吸了一口气。然后,才慢慢地说,还是老样子,闭上眼都能闻到这股骟人的油墨味。

这是书香,空青说。

空青走到柜台前准备给老商泡壶茶。听空青这么说,老商就来劲了,他好歹也是个读过夜校的,算半个知识分子。他说,这书就这么好看？你可老大不小了！你表妹都怀二胎了！

空青说，书中自有颜如玉，你不知道哟！

老商急了，说，老子要你教的？这书再好，能过日子的？它能给你蹦出个娃娃来的？

空青笑了笑说，人生有趣的事多了，不是只有结婚生子、相夫教子的。

我看你是书读傻了。老商气坏了，说完站起来准备走，他前脚刚迈出门槛，后脚还没落下，又回过头来说，晚上给你做红烧肉，带皮的。记得回来吃。

空青刚沏好一壶普洱，还没来得及端上，见老商要走，连忙走到门边拿了一把伞递给他，笑着说，知道了。

老商仰头看了看天说，不打伞了，淋个雨预防老年痴呆也好。

空青笑了笑说，有我您还怕老年痴呆啊！还是打着吧！我晚上吃饭的时候来取。

贰

空青拿着伞走在小镇斑驳的老街上，她嘴里还在回味刚才老商做的带皮红烧肉。空青想，老商真好啊！自己真幸福啊！这时候，小镇上空的云慢悠悠地挪动着，它们要赶在天色暗下来之前回家，它们已经无拘无束地在外面飘荡了一天了，空青时常会想，要是她也能这样温暖缓慢，做一朵不属于任何人的云就好了。渐渐地，小镇的天空还是暗了下来，云已经回家了，连同辛劳了一天的红日。现在，傍晚悠悠的月光洒在空青乌黑的长发上，闪闪发光，看上去好似深邃浩瀚的宇宙里那条特亮的像河流一样的星河，然后，你会看见一只披着一整个星河的精灵踩着欢快的步子跳跃在不知道什么叫忧愁的日子里。

空青远远望见了古桥，她想起古桥不远处就是小广场，她想起很多年前老商背着高烧的她穿过小广场冲进镇医院的急诊室，然后，她想起现在镇医院新来了一个叫广白的男大夫。空青有那么一秒闪过去镇医院看一看的念头，这个好奇的念头也就只在她脑子里停留了一秒，不能再多了。她想，不就是一个大夫吗？有什么稀奇的？

广白是在一个月后的周末来到空青的书院的。广白来的时候骑了一辆半新旧的凤凰牌自行车，车后座还带了一个姑娘，是镇医院的护士。姑娘从那自行车上下来的时候，下巴都快仰到天上去了。空青正在台上说书，书院已经没什么好位置了，他俩只能找了个离台子很远的角落坐下。广白开始看得挺认真，倒是那姑娘一直没看戏，光顾着看广白了，那乌泱的两眼珠就没从广白的脸上挪开过。后来，广白开始和姑娘说话，每说一句都能把姑娘逗得笑得跟朵花似的，直到退场他俩才停下来。

广白第二次来的时候是三天后了，自行车后座上还是带了一个姑娘，但换成了对门剃头店常嫂的表妹山栀。之后，隔三岔五地，广白的自行车后座总会带着不同的姑娘来光顾空青的书院，但他的心思好像从来都不在空青说的故事上。有时候，广白和姑娘总会发出不合时宜的笑声影响到店里的其他客人；有时候，那些笑声还会弄得空青一下没了说书的兴致。空青就很不高兴。空青觉得广白就是把她的书院当作自己约会的地方了，广白完全没听她讲故事。她讲的故事这么动人，怎么会有人不听她的故事的？

有一次，空青正讲到煽情之处，台下的客人都红了眼，有的还在掩面抽泣，广白身旁的姑娘竟"咯咯咯"地笑了起来，引得店里的客人都皱着眉回头看他俩。空青的脸马上就像石膏一样凝固了，她顿了一会，然后，撩了撩她那头乌黑的长发，挤出一个体面的微笑说，这位公子，看来您说得比我好呀！要不您上来讲吧！这位置让给您了！

说着空青就站了起来，走下了台。空青就那么笑着杵在台阶边看着广白，她想，是你不给我面子的，那今天就看看谁厉害了！广白见状，先是站起来，一边合十双手一边转圈对大伙说，不好意思，不好意思，接着温柔地看着身边的姑娘，笑了一下，然后就像泥鳅一样滑过空青的肩膀，溜到台上去了。广白说，实在对不住，刚刚影响到各位了，那我就讲一个吧！我看大才女刚好也说累了。然后，广白就坐下来开始讲他的故事了。

广白讲了一个很长很长的故事，那是一个悲伤的故事，是关于一个小男孩和他的母亲的。讲完故事的时候，广白在哈哈大笑，台下的人都听得云里雾里的，只有空青看到他笑完之后，嘴角下落时的那抹忧伤。空青知道，广白说的是他自己的故事，她一下子就心疼了起来，她想，她可能做不了一朵云了。

那日之后，广白的样子和他那天说故事时未被人发现的表情，一直出现在空青的脑海里。书院已经一周没开了，空青开始忙碌地出现在古桥、小广场，还有镇医院边的小巷子。一听说广白要加班，她就假装夜行路过和他一起吃夜宵闲聊，或是陪着他小走一段路。广白一开始总会说，这么晚了，你一个姑娘家的怎么不睡觉，还在外头瞎转悠？空青就撩撩她的长发说，谁规定姑娘家就不能晚上出来了？我出来找找创作灵感，不行啊！后来次数多了，广白也就不再说什么了。

镇医院的院长是个快四十岁的单身女人，脸蛋保养得极好，看上去顶多二十出头，大家背后都叫她天山童姥。平时院里有什么活动或者工作酒局她总喜欢叫上广白一起去，一是让广白去撑面子；二是让广白去挡酒，他被灌醉是常事。一日，空青听说广白又要去酒局，就在饭店不远的小巷子里等着。深夜，空青看见广白一摇一摆地走在老街上，她肃静着脸，什么也没说，上去扶着他就往家走。

广白一见空青倒是乐了，说，大作家又半夜出来找灵感啦！

空青还是没说话。空青只觉得心一下子又疼了起来。

广白说,你这头发真好看! 我一男的看了都羡慕! 你看月光洒下来,一闪一闪地,闪着金光的,像星星似的。

空青说,你喝多了。广白,你下次不能再喝这么多了。

广白笑着说,再喝多,你来救我吗?

空青说,我来救你的。空青用她那双会说话的大眼睛无比温柔地注视着广白迷离的双眼,说,我来保护你。但凡一个清醒的人在这种时候都会被空青这样温柔的目光融化的,可是广白已经醉了,他醉得半个身子都依在空青的肩膀上,他把仅剩的一点意识都用在了直立行走上,哪看得出空青眼里装的东西。他脑子里想的都是,我得挺到家门口才能倒下,我可不能在姑娘面前丢脸了。

广白听了就一个劲地哈哈大笑,他说,我不喝怎么把院长哄好,怎么在医院混得好,我才刚来没多久。男人嘛! 喝点酒没什么的! 死不了!

空青扶着广白晃晃悠悠地经过了书院门口。广白又说,你这书院的名字真有意思。半夏苦酒,和你空青的名字一样,都很有意思。广白说完这句话的时候,是看着空青的,他迷离的眼睛里装的都是泪眼婆娑的空青。

广白问,你怎么了? 你怎么哭了?

空青抹了抹眼说,没什么。

空青把广白送到家门口就走了。后来,只要知道广白有酒局,空青都会在饭店不远的小巷子里等着,广白好像也习惯了空青这种过于巧合的“遇见”。时间一长,他俩一来二往地熟悉起来,成了朋友。广白偶尔会带不同的姑娘到空青的书院给她捧场,空青说,你来我还是要收钱的,你和姑娘的钱一分都不能少,追姑娘得要成本的,不能便宜你了。广白就笑着说,谁说我追姑娘了? 都是她们追的我。

叁

这是一个慵懒的下午,广白坐在古桥上给山栀编手绳。广白因为练习手术结练就了一双灵巧的手,他编的手绳又快又好,款式还新颖特别。姑娘们都抢着要跟他学,可是怎么也编不了和广白那样好看。阳光把山栀白皙的手照得发亮,广白拾起山栀发亮的手在阳光下翻来覆去地照了照说,真是一双好手,好手就得配一条好看的手绳,我给你编一条红绳吧!山栀就低着头,脸颊绯红地说,好。山栀觉得自己恋爱了。

广白就成天摆着一副玩世不恭的花花公子的样子,在小镇姑娘们的身边忙活着,在空青的书院里哈哈大笑着。这些,空青全一点一点地看在眼里。空青一点儿也没生气,她反而更加地心疼起广白。她觉得广白很小时候的记忆里一定有一块见不得光的疼痛,她觉得自己和那些姑娘是不一样的,她能读懂广白,她觉得自己能给广白的东西自然也是不一样的。

空青下定决心主动约广白,是在她看见山栀哭着从广白家跑出来的时候。那天夜里很黑,山栀要是不出声,是不知道是谁的。她是真被气坏了,一边跑一边哭着说,有什么了不起的,你以为这镇上就你一个男人了!广白应了一声说,我家小,不留人过夜,真是不好意思啊!然后就听到了啪的一声关门声。空青也不知道那天是怎么了,一个人竟不知不觉地走到了广白家楼下,她本来是想在他家楼下看看他屋里暖黄的灯光就好,可没想到看见了这一幕。空青躲在广白家楼下的樟树后笑了,她想,我猜得没错,广白就是装的,他的滥情和随便都是装的,他完全可以把姑娘骗回家做点想做的事儿,但是他没有,他骨子里就是个专一又用情的人;她想,镇里的姑娘都能坐广白的自行车，为什么我不能坐？她又想，我不仅要坐，还要让那后座以后只有我一个人能坐。

第二天傍晚，空青带着两张电影票，一早就坐在古桥上等广白下班。空青化了淡妆，穿着一袭粉色呢裙和一双短皮靴，手里提了个黑色的复古小包，看上去就像刚留洋归来的女学生。她看见广白套了一件棕色粗线毛衣，干净利落地骑着自行车穿过小广场，正朝古桥来。她立马像兔子一样从桥上跳了起来，站在路中央拦下了广白。

空青说，广白，你老带姑娘去我那约会，把书院搞得乌烟瘴气的，你怎么赔？你就说你怎么赔吧！

广白有些蒙，广白说，我都带姑娘去了那么多次，你怎么现在才来叫我赔？

空青说，我有两张今晚的电影票，可是没去城里的大巴了，你骑车带我去吧！顺便请你一起看电影了。

广白笑了。广白看着一袭粉裙的空青被春风吹得像朵樱花似的花枝乱颤，笑得合不拢嘴。广白说，明天就五一了，我兄弟和他女朋友从杭州过来玩，我晚上要去火车站接他们。

空青说，那我把票送对门的山栀了。空青说这话的时候，其实心里是难过的，但她还是面不改色地说完，转身准备走。

你跟我一块去吧！跟我一块去接他们，顺便去城里转转。空青听到广白在身后这么说的时候，背对着广白笑开了花，等她转过头说"好"的时候，脸上却什么也看不到了。

那天，小镇的人们一定都看到了空青坐在广白自行车后座上，粉樱缀面，却比樱花还要娇美的样子。夕阳下，一对俊男靓女追着春风的影子横穿了大半个小镇，他们的笑声回荡在每个幸福的拐角，就像电影里一样浪漫，总会让人浮想联翩又心生向往地忍不住多看两眼。

广白带空青去了一家城中心的西餐厅。餐厅门口站着一个很精神的服务生,白衬衫黑西装,脖子上打个酒红色领带,手上戴着一双白手套。精神的服务生一边为他们开门一边说欢迎光临,接着把他们带到了一个靠窗的位置。广白快速地走到空青身后,绅士般地替她拉开了长椅让她坐下,然后轻轻在她耳边说,请你吃好的,就当赔罪了。空青的脸马上就红了一下,宛若一朵盛开的樱花。

空青托着盛开的樱花看着广白说,西餐我都吃得不想吃了。在上海读书的时候,我们经常会举办一些西式派对。

广白走到了桌对面坐下。他笑着说,是吗?大作家果然不一样。

空青也笑了,说,你别再叫我大作家了,写书只是我的爱好。广白就认真地看着空青的眼睛说,你迟早会成为大作家的。

广白朋友的火车是晚上九点半,这就代表空青和广白有足够的时间吃一顿浪漫的晚餐。小提琴、红玫瑰、白烛光,这些都是空青喜欢的浪漫。广白拿起红酒杯,笑着对空青说,庆祝点什么吧!我们庆祝点什么吧!

空青说,好,庆祝点什么呢?

广白想了一下说,那就庆祝夜色正好,美酒正好,佳人正好吧!

空青撩了撩她的长发,在摇曳的白烛光下笑了。

现在,空青坐在广白的自行车后座上,夜色撩拨,晚风醉人,美酒微醺得刚好把她的小脸泛出淡淡的红晕。他们正要去火车站接人,空青要陪广白去接他最好的兄弟。空青笑得春风得意,她想,坐在这后座上的感觉真好啊,做佳人真好啊!

广白在火车站接到人后,一行人一块去了城中天桥下逛夜市、吃小吃。广白一边吃着烤串,一边热情地向空青介绍说,这是我的好兄弟,方海,这是方海的女朋友,曲莲。然后,方海就坏笑着看着广白说,广白,这姑娘?你女朋友啊?广白忙笑着说,朋友,朋友。方海又问,怎么认识的?在哪高就?广白就说,大作家,你让她自己和你说吧！空青和广白对视了一眼，略显尴尬地说，不是什么作家，就是自己开了一间书院，没事说说书，写点东西罢了。广白常会光顾我的书院，我们就认识了。方海又坏笑地看着广白说，广白，你什么时候喜欢听书了？你读书的时候可是一见书就犯困的。广白就怼方海说，我看书犯困会考得上医学院的？你知道医学院的分数有多高吗？方海就哈哈哈地咧嘴大笑起来，说，我怎么记得你考医学院是为了护士多啊？广白就拿起一串臭豆腐塞进方海的嘴里说，有的吃还堵不上你的嘴。

方海和广白是发小，住在城里的老城区。两家人挨得特别近，两人从小关系就特好，没事就串门吃个饭，过年拜个年，闯祸了躲到对方家里过夜。除了女朋友不能共享，他俩已经好到没什么不能共享的了。方海也是大学生，但毕业后就一直在杭州打拼，他说一辈子在小城里头是没出息的，是混不出来个样子的，只有在大城市才能干大事，赚大钱。方海和曲莲谈恋爱有五年了，是一家公司的同事。曲莲是个湖南妹子，她说家里穷，姐妹又多，出来就没打算再回去，只想嫁个有钱人过好日子，她说方海虽然没赚上大钱，但人还不错，就跟他了。

方海哈哈哈地咧着嘴递给空青一串羊肉串说，你是广白的朋友，那以后就是我的朋友了。广白这人贱得很，以后他要是欺负你，你就和我说，我帮你教训他。曲莲在旁边咯咯地笑着说，别听他瞎说。方海又咧着嘴，牙齿上挂着菜叶说，空青你多吃点，今儿广白请客，他有的是钱。

肆

吃完东西，方海提议去迪厅蹦迪。空青是头一回去那样的地方，她穿的行头一身正气,站在里头就像是走错片场似的。聒噪的音乐震得空青耳膜欲裂,她一直用手捂着胸口,生怕一不留神心脏就给蹦出来了。广白看着空青的样子好笑,他说,还找我玩吗?空青没说话,白了广白一眼。广白又笑着说,你喝什么?喝点啤酒怎么样?空青点点头。然后,广白牵起空青的手开始在台中央蹦迪。广白就看着空青笑啊笑啊,一边笑,一边摇摆着身子。空青看着广白的样子觉得有些好笑,可是再看看四周摇摆的人们,好像自己才是好笑的那一个。空青很不自在,她实在摆不出那样的姿势,她觉得那样扭动身子会让她优雅的气质全无,她想自己还是坐在一旁看看好了。

广白从舞池中央穿出来,在空青身旁坐下。空青正无趣地摆弄着手中的玻璃杯,像个没人看管受到忽视的孩子一样。广白摸了摸空青的头说,我教你玩个游戏吧!我把方海他们也叫来。然后广白朝淹没在舞池里疯狂"抽动"的方海和曲莲挥了挥手。广白教空青玩的是摇骰子。广白说,你只要记得 1 除了是 1 之外,它还可以代表其他数字就好了,剩下的就是简单的猜数游戏。空青撩了撩她的长发说,我这么聪明,会不知道吗?广白笑着说,那输的人自罚一杯酒。你是女生,就半杯吧!空青说,女生怎么了?一杯就一杯!

果然,没玩几把空青就找到了规律,把广白他们仨都喝得东倒西歪。空青什么也没说就捂着嘴笑个不停,广白凑到空青跟前,歪着头看了她的眼睛好一会,又慢慢往下,鼻子、嘴唇、下巴,他说,你是不是装的,装清纯呢?

空青红着脸说,谁装了?是你们老爱骗人,没有还瞎喊,自掘坟墓呢?

广白说,你厉害,再来再来!

空青说,那你可别哭啊!

广白摸了摸空青的头,笑了。

　　空青一行人从迪厅出来的时候已经凌晨四点了。周边的宾馆都满了,空青带着歪歪扭扭的三个人走了好几条街才找着一间空房,是个标间。方海不乐意地说,我要和我媳妇睡的,反正我和我媳妇一张床。广白说,那空青怎么办?方海说,那我不管。要不把两张床拼一块,四个人一起睡。广白看了看空青,空青皱着眉头朝他尴尬地点了点头。广白说,行吧!

　　方海和曲莲觉得肚子有些饿,去旁边找吃的了,广白正在浴室里洗澡,空青一个人站在窗前发呆。凌晨四点的城市像一条狗,灯火是它偶尔的温暖,孤独才是它的常态。城市的夜晚和小镇是不一样的,一个是世界累了休息一会,一个是世界困了沉沉地睡一觉。空青想,这就是广白长大的地方,她之前来过很多次,但这次觉得有些不一样了。

　　看什么呢?

　　广白不知什么时候洗完澡,悄悄地站在了空青背后,他说话的气息正好温柔地吹在空青耳畔。空青有些紧张,她感觉到自己能清楚地听见广白平缓的呼吸,她想,她现在回过头去的话应该能亲上广白。寂寞的风一直在拨弄着空青的长发,空青紧握着拳头,深吸了一口气说,我看看方海他们回来了没。广白摸了摸空青的头,笑了说,这么乖呢!

　　方海和曲莲带着小笼包和小馄饨回来了,他们还带了一大碟辣椒酱。方海在分配着食物,一边开包一边往里头倒辣椒。方海问,空青你吃什么?空青说,我吃小馄饨吧!还没说完,广白就插了一句说,别加辣,她不吃辣。空青愣了一下问,你怎么知道我不吃辣?广白一边接过方海递来的小笼包一边说,吃西餐的时候见你没加辣酱,我猜你皮肤这么好,应该是不吃辣椒,对吧?空青笑了一下没说话。广白又说,不吃辣人生会少很多乐趣。我们仨都吃辣,以后你怎么和我们一块玩?空青说,我不仅不吃辣,还不吃火锅,不吃烧烤,只偶尔喝点我自己酿的樱花酒。广白哈哈哈地大笑起来说,你这么养生的?你是要修仙呢?空青说,我惜命不行吗?广白听了笑得更大声了,说,好人不长命,坏人活千年,生死这种东西别看得太重,要及时行乐。空青说,那也得有命乐吧?

方海和曲莲在一旁看着空青和广白你一言我一句的没完没了,方海就有些不耐烦地说,打情骂俏呢?还睡不睡了,吃完赶紧睡觉。老子困死了。广白就怼他说,哟,你小子酒醒啦?方海没理他,脱了鞋拿他的臭脚丫子踹了广白一脚,然后对空青说,空青,别惯着他。空青看了广白一眼,广白也正看着她,两个人都没说话。空青就甜甜地笑了一下。

空青躺在宾馆的床上盯着天花板感到有些不可思议,她还是第一次这样和男人睡在一张床上。方海和曲莲睡在中间,空青挨着曲莲,广白挨着方海,晚春还有些凉意,这样挤一挤倒也感觉蛮好的。不一会儿,广白和方海打起了呼噜,空青和曲莲都没睡着,她俩干脆就说起了悄悄话。

空青问曲莲,广白之前有带女生见过你们吗?

曲莲说,没有。你是第一个。

空青又问,广白之前没谈过吗?

曲莲说,他这长相怎么可能没谈过,我听方海说他大学里谈了不少,但是毕业之后就一直单身,已经五年了吧!

空青又问,为什么毕业后就没谈了?

曲莲说,不清楚。也许是不想再玩了吧!想好好找个踏实的认真谈了。

空青听了曲莲的回答乐开了花。她想,广白应该是喜欢她的,如果不是喜欢她,为什么带她见自己最好的朋友,带她走进自己的生活,广白一定是喜欢她才会在单身这么多年之后第一次带女生出席。

空青带着这样美好的想法睡着了,她还做了一个美梦。

第二天临近傍晚,空青第一个醒了。她隔着方海和曲莲的脑门看着广白熟睡的样子,此刻,她多么希望这张拼在一块的床上只有她和广白两个人。空青被这样的念头吓了一跳,她没想到自己竟然这么快就会有和一个男人睡在一起的想法。这时,广白迷糊着睁开了眼,他看见空青正深情地看着他。空青笑了一下,轻声说,早啊!广白也笑了一下,用唇语说"傻子"。然后,空青就想,这感觉真好,要是每天早晨起来都能这样和广白说早安就好了。

方海和曲莲是被广白强制摇醒的,广白问,咱们今天去哪?方海说,我咋知道。广白又问,空青,你有打算吗?没打算的话,就和我们一块吧!空青说,没打算。广白说,好,那咱们先去吃饭,边吃边想。

四人最终商量的结果是瞎玩,反正有的是时间,就把城里能玩的都玩一遍。当天晚上,广白回家里开了一辆桑塔纳的车出来,他带着空青他们仨去了舞厅跳了一整晚的交际舞。第三天,他们又去了市中心的游乐园玩了一整天,晚上碰巧人民广场放露天电影《庐山恋》,四个人就看了一晚的电影。隔天,空青觉得还没看过瘾,提议去录像厅租台湾琼瑶的带子看,结果一行人又花了一整天把琼瑶的文艺片看了个遍,四个人从录像厅出来的时候都揉着眼睛喊疼,说眼睛要瞎了。晚上,空青和曲莲还去了城中最有名气的蒙娜丽莎美发屋烫了头发。

最后一日,他们决定去感受大自然,好好放松一下,一行人又热热闹闹地去了菜市场买了一堆食材,开着车去郊外野炊,广白和方海还在溪里抓了好几条肥美的鲫鱼,立马就拿上岸烤了吃了。下午,他们又一块去了旱冰场溜旱冰、台球厅打台球,还去电子游戏厅打游戏。两对年轻人的五一就这样不知不觉地玩过去了,空青和广白之间的气氛也慢慢变得微妙起来。

伍

方海和曲莲临走的那个晚上，他们一行人去川菜馆里吃火锅。吃完火锅，方海和曲莲就要赶最末班的火车回杭州去了。广白知道空青不吃辣，就点了微辣的锅底。广白在空青耳边轻声说，这几天吃的都是不辣的，最后一顿照顾一下他们俩，行吗？空青说，行！广白又说，这已经是这里最不辣的，实在不行我等会给你拿开水涮涮，行吗？空青说，行！广白开了一天的车累坏了，叫了一打冰啤酒，但服务员忘拿了开瓶器。广白就笑着朝空青撒娇说，你帮我去拿个开瓶器唄！空青正想站起来，被方海叫住了。方海说，空青你别惯着他，让他自己拿。空青就看着广白温柔地说，自己的事情自己做！广白一脸不情愿地站了起来。空青看着他孩子般的模样，笑了，她说，广白，你怎么像个小孩似的。方海笑笑说，他就是个孩子。你以后就知道了。

方海和曲莲早就看出了空青和广白之间的小情愫，眼看就要走了想帮他俩一把。曲莲就问空青，你会做饭吗？

空青说，会。

曲莲说，那你以后可以到广白家给他做饭吃。

空青愣了一下，看了看坐在身旁的广白，广白没说话。他喝了一口酒，过了很久说，我也会做饭的好吧！我做饭可好吃了。上次科室聚餐的时候，我给大伙做了一顿，都夸好吃。我下次做给你们吃。

方海就忙接上来说，你是想做给空青吃吧！我又不是没吃过你做的！

曲莲接着又问，空青，你都会做什么？

空青说，红烧鸡翅、东坡肉、板栗鸡块……一般的菜式我都没问题。

曲莲笑着对广白说，广白，不错嘛！

广白没理会曲莲，低头翻着火锅说，我把辣椒都拣出来，不然某人等下要辣死了。

空青撩了撩她一头黑发，看着广白的侧脸笑了。

火锅食材都下了锅。空青夹了一块油豆腐吃，被辣得不行，猛灌水。广白递了杯水给她说，傻子，油豆腐是吸水的，辣汤底全吸进去了，能不辣吗？说完又夹了一块牛肉给她，说，牛肉不辣，我吃过了。空青就笑着点了点头。

方海说，这牛肉比不上广白老妈做得好吃。

广白说，现在除了逢年过节很少回家，吃不到了。

曲莲说，我听方海说你家有很多稀奇好玩的玩意，院子里还种了薰衣草。空青，你见过薰衣草吗？

空青说，没有。

广白说，都是我爸做生意从国外带回来的一些洋玩意，薰衣草下个月就是花季了，想看的话下个月可以来我家玩。广白说完看了空青一眼。

方海笑着说，你邀请的是空青还是曲莲？

空青低着头吃菜没说话，广白也没说话。

曲莲忙说，空青，咱们一块去吧！我可想看了。

空青轻声说，好。

这时候，广白突然站起来了。广白说，方海，走！出去抽根烟！方海愣了一下，和广白对视了很久，没吭声。然后广白就拉着方海的胳膊，一边说着悄悄话一边往外走。广白和方海再回来的时候，方海开了一瓶啤酒，他给自己满满地倒了一杯酒，又给空青倒了一杯，递给她说，空青，我敬你。

空青说，我不喝酒，我喝水吧！

方海说，那不行，这杯是我敬你的，我喝了你随意。说着就咕噜一下全干掉了。空青只好抿了一小口意思一下。方海又说，空青，我该叫你妹还是姐呢？我二十五，我比广白小一岁。

空青有些尴尬地说，叫姐。我比广白大一岁。

方海说，真的假的？骗人的吧！我猜你顶多就二十二。

空青笑开了花说，你就逗我吧！曲莲，你可小心方海这张嘴。

曲莲说，空青，你别说，我们都以为这里你最小呢？

空青笑得更开心了，说，可能因为我长了一张骗人的娃娃脸吧！

广白开始说话了。广白说，来！姐！我也敬你一杯！

空青不乐意了，说，你叫我什么姐！我可没这么多弟弟的。说完，生气地把头扭了过去。广白就轻轻地摸了摸空青的头，唱起了《安妮》。

"事到如今不能埋怨你，只恨我不能抗拒命运，时时刻刻沉醉爱河里，谁知悲剧早已注定……"

空青听着歌，慢慢把头转了回来，她深情地看着广白，难以言喻的幸福溢满心头。方海和曲莲在一旁鬼叫着瞎起哄，歌唱完了，广白看着空青，空青也看着广白，谁也没说话。过了一会，空青借故上厕所，走开了，等她再回来的时候，手里提了一袋草莓、一袋樱桃，还有一盒进口的曲奇饼干。这些东西是空青为方海和曲莲准备的，让他们带着路上吃，她还细心地悄悄把水果都洗干净了。这可把方海和曲莲给感动坏了。广白倒是不乐意了，酸溜溜地说，我也想吃草莓，你都没给我洗过草莓吃呢！空青笑了笑，没说话，她想，广白就是个孩子。

晚饭后，广白开着车送方海和曲莲去车站。方海邀请空青到杭州玩，让广白陪着空青一块来。空青说，我自给自足有的是时间，就不知道广白有没有。广白笑了笑说，姐一句话，我哪敢没时间啊！是吧！姐！这一口一句姐叫得空青浑身不自在，空青有些不高兴说，你别叫姐！把我都叫老了！

　　车站站台挤满了返程的人，广白和方海在闸口旁抽着烟说着事，空青心里一直想着广白叫她的那句"姐"，就像芒刺扎在背上一样难受。空青纠结了好一会，终于忍不住问曲莲说，广白是不是嫌我老？曲莲笑了说，他就那张嘴，爱损人，你别想多了，他和谁关系好就爱和谁开玩笑。空青又问，他会介意姐弟恋吗？曲莲又笑了，说，这差一岁也没什么的，他不是这么古板的人。空青没再说话，只是轻轻地叹了一口气。

　　方海和曲莲走后，广白又骑着他的那辆凤凰牌自行车送空青回书院。空青坐在后座上粉樱醉面，风里已经有点夏天的味道了，空青想，夏天是适合恋爱的。

　　幽静的小镇黑夜里，有个人影蹲在"半夏苦酒"书院的招牌下，笔直地坐着。空青下了车走近一瞧，是老商。老商黑着脸，一直用他刀光一样的眼神瞪着广白。广白站在原地没动，点头叫了一声伯父好，然后对空青说，我先回去了，他就跨上自行车一溜烟地被黑夜吞掉了。老商又开始用他刀光一样的眼神瞪着空青，老商说，你跟我回家去，你现在马上必须跟我回家去。然后就一声不吭地埋头一个劲往前走。空青跟在老商身后不敢说话，她知道，这是暴风雨前的宁静，她想，老商一定是知道她和一个男人出去玩了这么多天不回家气坏了。空青想到这的时候笑了，她想自己要是和老商说这个男人是他未来的女婿会不会乐坏了，她想老商要是知道这个女婿是个大夫，还是个城里的大学生，会不会乐得嘴都笑歪掉了。

　　老商一路板着脸，进门后坐在中堂的高椅上一言不发，空青站在老商对面也不说话。过了很久，老商用命令的口吻说，不准再和那大夫来往。空青问，为什么？老商说，他什么作风全镇人都知道。空青又问，他什么作风？老商说，你要是非和他在一起，你就别认我这个爹了。空青又问，那我认谁做爹？老商不再说话，起身进屋关了门。

陆

回到镇上之后,全镇的人都以为空青和广白好了。暧昧就是其他人都以为你们在一起了,只有你们自己知道你们的距离有多远。一周过去,广白再没来书院找过空青。奇怪的是,镇医院也安静了下来,听不见广白和小护士们打情骂俏的声音了。镇里的人都说广白过个五一不知道吃错什么药了,回来竟做起了"正经人"。空青当然也感觉到了广白的不对劲,她想,小伙子和我玩欲擒故纵呢?我就偏不来找你。我买菜做饭去了,还要做一顿好的。

空青果然就买到了一堆新鲜的食材,她准备做顿丰盛的晚餐,叫上好姐妹和对门的常山一家来书院做客。想到这里的时候,空青看见路边蹲着一个老大爷在叫卖草莓,她看着竹篮里的草莓站了许久,突然笑了起来。

这个初夏的下午,有些闷热,空青提着两斤又大又红的草莓站在广白家门口准备敲门,她想,这次的草莓可比买给方海的大多了。空青其实是先去了医院的,但值班的护士告诉她广白今天请假了,于是她就直奔广白住处了。广白给空青开了门,他并未对空青的到来感到惊讶,这让空青更觉得自己之前的猜测没错。空青看见广白干净的小床上有着浅浅的褶皱,床上放着琼瑶最新的小说,空青说,你不上班,在家少女怀春啦?广白说,就是不想上班,不舒服。空青笑了笑说,我给你洗草莓吃,吃完就舒服了。广白没出声,但空青还是看见了背对着她坐在书桌前的广白像个小男孩一样甜甜地在偷笑。

广白住的是医院宿舍的单人间,没有独立卫生间,但有个简陋的自制厨房。空青走进厨房把草莓一个个洗得干干净净地放在盆里,然后笑着递给广白说,来!少爷,请用!广白乐坏了,他捡了一个最大的草莓放进嘴里,充盈的果汁马上溢满整个口腔,他忍不住享受地闭上了眼睛。空青站在一旁看着广白像个孩子吃到好吃的时候一脸满足的样子,笑了。她想,广白就是个孩子。

广白指了指床边让空青在床头坐下,广白说,你也吃呀!

空青摇摇头说,这是专门买来给你吃的! 小朋友。空青说完慈祥地笑了,像个母亲看孩子似的看着广白。空青问,你不会一整天都窝在家里吧!

广白说,白天和朋友去看了个电影。

空青说,你都没陪我看过电影呢,你什么时候陪我看一次?

广白笑了,没说话。过了一会,广白找来一盘录像带说,我们看这个吧? 我这有电视机可以放。空青一看是琼瑶的《烟雨蒙蒙》,笑着点了点头。这是一部经典的老片了,空青已经看了很多次,但和广白一起看感觉还是完全不一样的。两个年轻男女在狭小的宿舍里,空气里的荷尔蒙开始乱窜,一个不经意碰撞的眼神,一次无意的指尖触摸,甚至是一个温柔又缓慢的呼吸声,都让他们觉得身体里有种类似爱情的东西在作祟。特别是在男女主角亲密接触或拥吻的镜头,两个年轻人总会情不自禁地心跳加速、呼吸急促、身体燥热起来。

电影放到一半,空青的肚子咕咕地叫了起来,她看着广白调皮地吐了吐舌头。广白笑着站了起来,广白说,我见你来的时候带了菜,你请我吃草莓,我就借花献佛给你露一手,做顿好吃的吧! 空青乐坏了说,需要我帮忙吗? 广白说,你坐着就好,等着吃吧! 不一会儿,小炒肉、红烧猪大肠、雪菜黄牛肉、鲜奶鲫鱼汤、拍黄瓜、西红柿蛋汤……一道道颇有大厨水准的佳肴轮番上桌。那晚,空青感到无比的幸福,她和广白就像小夫妻过日子似的一起吃饭,一起刷碗、收拾卫生,一起在晚饭后看电视话家常,一起漫步在小镇的古道上、小溪边。她想,要是一直能这样该多好呀!

广白把空青送回了书院,空青站在书院门前有些依依不舍。广白笑了笑说,我朋友说这周末要请你吃饭,你好好想想吃什么。说完摸了摸空青的头,就走了。

这是一个夏天惬意的正午,广白如约骑着他的自行车来到书院接空青,他们要去城中的一家杭帮菜馆,方海已经定好了位置,点好了菜等着他两了。

空青从广白的自行车后座下来的时候,看见方海一个人坐在饭馆靠窗的方桌边抽烟,一缕缕悠长的忧郁被它的主人吐出后,一直徘徊在思绪万千的头顶,那些忧郁在想办法重新回到主人的身体里去,继续发酵蔓延并壮大自己。但很快,方海掐断了那些忧郁的白雾,因为他看见了窗外的空青和广白,方海笑着朝他们挥了挥手。

空青走进饭馆,在方海对面坐下,广白坐在方海身边。方海还是空青第一次见到他时的样子,咧着嘴在傻笑,他说,姐,我点的全是不辣的,全是你爱吃的。空青笑了笑说,你不用这么客气的!曲莲呢?怎么就你一个人?方海不再说话。过了很久,方海才挤出一个别扭的笑脸说,她走了,她去上海了。

曲莲走了。曲莲早就到了该谈婚论嫁的年纪,但她和方海还没一间自己的房子,在曲莲的认知里,结婚首先就要有自己的房子。可是杭州的房子实在是太贵了,凭方海和曲莲的工资,他们要在杭州不吃不喝工作 10 多年才能买一间稍微像样点的居所。方海没有钱,也指望不上家里帮得了忙。方海上面还有三个姐姐,家里做生意又欠着外债,不往家里寄钱就不错了。

方海没办法在杭州买房子,所以曲莲决定去上海赚钱,曲莲说她要是赚到钱就马上回来和方海结婚。谁都知道,曲莲不会再回来了,曲莲是去上海找新户头了,她好几个小姐妹都在上海找到了不错的人家,她们总是用那一口蹩脚的上海话跟曲莲说,爱情又不能当饭吃的咯，结婚就要找有钱的。你跟他都从小姑娘熬成老姑娘了，他给你什么了啦，有房子不啦！一间厕所都买不起，还有什么好说的啦！你再弄不清楚，你这辈子有的哭的。

方海是想娶曲莲的，方海说虽然现在买不起房子，但手上的钱足够租一间不错的房子先结婚，再办一场体面的酒席，要是曲莲想去哪度蜜月玩，他也可以满足的。但曲莲说，我陪你一起打拼五年了，还要多少年才是个头？再五年？还是十年，二十年？我不想再苦了，我穷怕了。方海没有再说话，他明白，没有人是理所应当该陪你吃苦的，曲莲选择把她最好的青春都奉献给了他们的爱情，他不能再埋怨什么。方海知道曲莲这次是彻底对他失望了。

这个夏天的正午，方海拉着广白陪他喝了很多酒，他们谈人生、谈理想、谈婚姻，饭吃得特别沉重，酒却喝得特别洒脱。方海举杯说，一杯敬爱情，一杯敬青春。广白举杯说，一杯敬过往，一杯敬明天。空青也举杯说，一杯敬朝阳，一杯敬月光。后来，方海拉着广白和空青去爬了小镇后的山坡，他们和风赛跑，和云说悄悄话，和树林游戏，空青又看见广白脸上露出了那次在书院台上说故事时的忧伤神情，然后广白就讲起了那个未说完的小男孩的故事。

柒

故事是这样的。男孩一家原本在小城的角落过着平淡幸福的生活，但一场突如其来的国企改革让男孩的父亲下岗失业了。没有手艺和技能的父亲找不到一份像样的工作，只能起早贪黑卖体力，做起了拉黄包车的生意，或偶尔到工地上做些散活。男孩家里就这样日渐拮据起来，平日里温婉的母亲和父亲争吵的次数变得越来越多，归根到底都是因为钱。终有一天，母亲留下字条走了，再也没有回来过。很长一段时间,父亲萎靡不振,意志消沉,成天把自己喝成一条醉了的泥鳅。男孩很伤心,男孩问父亲,爸爸,以后就只有我们两个人了吗?父亲说,是的。男孩又问,那我们还有家吗?父亲哭了,男孩从未见过一个男人哭得这样撕心裂肺。父亲很久才平复下情绪说,当然有,爸爸会重新给你一个家。后来,父亲开始发了疯似的赚钱,他忙碌地奔走在各个城市之间,生意越做越好,但陪伴男孩的时间也变得越来越少了。

男孩经常一个人上学,一个人吃饭,一个人睡觉,父亲不放心男孩,有时候会把他寄宿在老师家,有时候寄宿在爷爷奶奶家,有时候寄宿在大伯或者别的亲戚家。男孩时常觉得自己是一只没人要的无家可归的流浪狗,他只能靠辗转于别人家的屋檐来生活,还要品尝别人家庭幸福的滋味。后来,男孩哪都不愿去了,他只待在自己空荡荡的家里,他发现一个人其实也没有那么孤独寂寞,有时候那种在很多人中间的孤独要比一个人的孤独多得多。

后来的一天,父亲兴奋地对男孩说,我要兑现承诺了。父亲娶了一个漂亮贤惠的继母,继母有一个比男孩小三岁的弟弟。父亲对男孩说,这就是你的新家。父亲还说,儿子,你放心,我不会和你新妈妈再要孩子的,你是我唯一的儿子。男孩以为他想要的家又回来了,他充满满心欢喜地迎接新生活,可是父亲仍然忙于他的生意,鲜少回家,家里只有他和继母,还有一个没有血缘关系的弟弟。

男孩渴望爱,特别渴望母爱,他想,他有新妈妈了,他再也不用做没有妈妈的孩子了。但后来,男孩发现他错了,他没有妈妈了,没有就是没有了,不会有人再爱他了。继母的眼里只有弟弟,弟弟在城区不远的小学读书,继母每天专车接送弟弟上学,男孩在偏远的郊外初中读书却要每天步行上下学。有一次,男孩因为一个人放学回家,在偏僻的乡村野道上被混混抢了钱,还被暴打了一顿,男孩青着脸破着衣衫回家告诉继母,大哭了一场。继母心疼地为他处理伤口,换洗衣服,哄他入睡,男孩以为他得到继母的爱了;但第二天,继母还是让他一个人去上学。从此,男孩的性格变得越来越怪异,他不再奢望爱与被爱,他觉得这个世界本来就是冷漠的,没有人会永远爱你,真心地爱你,哪怕是亲生父母。人就该自私自利,只有自己才是最重要的。

又有一次,男孩高考结束,在填志愿的前一天,因为报考学校和继母起了冲突。父亲因为常年忙于工作,家里的事情都由继母定夺,继母不让男孩去省外读书,男孩想离开家,离得远远的,他厌恶这个家,他想早日脱离这个虚伪又涣散的家。大吵一架之后,男孩连夜离家出走,在网吧睡了三天三夜,继母找到他的时候他正在网吧门口抽着烟。男孩就这样错过了高考志愿的填报时间,本来能上重点大学的成绩白白浪费了,只能再复读一年。

现在,这个男孩已经长大了,变成了男人。但是他不知道怎么对别人好,也不知道怎么接受别人的好。男人有过很多女人,他试图在这些女人之间寻找缺失的爱,他把自己伪装得放浪不羁,然后把心紧紧封闭好,他以为,他这样强势、自私和虚伪堆砌起来的自我保护坚硬无比,除非他想被伤害,不然没有人可以打破的;他以为,他不懂得爱别人,就尽情地享受别人的爱,被爱就可以幸福了;他以为,所谓爱只要完成两具肉体的交换就能得到。但他后来渐渐发现不是的,因为那些他从未敞开心扉的、吝啬付出的、只得到肉体的女人都已离他而去,男人迷失了。再后来男人决定单身,他觉得自己不能再像一只臭虫一样混蛋下去了。直到有一天,他遇见了一个像月光一样的姑娘,她和其他姑娘不一样,她总会默默地关心和温暖这个男人,总是特别安静地陪在男人身边。她做了很多事,她是个好姑娘,男人其实都知道,但男人不知道该怎么接受她,更不知道该怎么去爱她,男人丧失爱人的能力很久了,他会伤了这个姑娘的。这个像月光一样干净的姑娘他未曾得到也不想要得到,因为她美好得让男人不想触碰,他觉得那样的触碰是肮脏的,他甚至觉得自己在这个姑娘面前就是肮脏的。男人想,这种与肉体无关的爱,也许就是真正的爱了。男人无法得到解答,因为他从未爱过谁,他从很小的时候就开始只爱他自己了。

广白说完这个故事的时候,脚边落满了烟蒂,脸上全是绝望和失落。空青静静地听着,陪着广白呼着烟圈。空青想,广白的温柔怎么样才可以捕捉到,感觉越来越近,却无法接触。空青本来是想哭的,但最终她还是没有哭出来。一整个下午空青没再说话,本就话不多的空青像月光一样安静地走在这个心事重重的夏天里。

方海临走前,空青偷偷问方海,广白的生日马上就要到了,给他准备一个生日惊喜怎么样?方海问,什么样的惊喜?空青认真地说,把广白的父亲、继母还有弟弟都请来,一起为他过生日,做一顿好吃的,大伙找个合适的机会说些掏心窝的话,把这个隔阂给解开了。方海笑了,方海说,你这样做会吓到广白的。不要想着对他好,他不会觉得你是对他好的,他反而会不舒服。打个比方,你请他去洗脚看电影,他反而会觉得是浪费了自己的时间来陪你。空青说,再打个比方,他生病了你想让他吃药,你就不能表现出你的关心,买药给他叮嘱他按时吃药都是没用的,你就得拿着药凶点吼他说,你故意生病不吃药,是不是想传染给老子,你要死别害我啊!他才会乖乖吃药的。你对他好,他是不习惯的,你得反着来。是这样吗?

方海大笑道,是,一点就通,你还蛮聪明的!说完,方海又歪着头对空青说,看得出来,广白对你是和别的姑娘不一样,你是特别的。我挺看好你俩的,你们站在一起还是挺搭的,不管是颜值还是气场。但你得慢慢来,我跟他做兄弟这么多年,我太了解他了,他就像厕所里的石头一样,又臭又硬,只能花时间改变他。

方海走后,广白就再没找过空青,书院也不去了。几次空青上医院找他,他都以各种借口避而不见,甚至还改了回家的路径,绕远路避开书院走。广白就这样一直躲着空青,他偶尔会和小镇的一些女孩子出去玩,偶尔会一个人在溪边喝酒到天亮,偶尔还会一个人去他们去过的山坡。因为广白断定,那个故事里的男人是给不了月光姑娘想要的。

捌

在这个盛夏的清晨,空青在对广白无尽的想念中苏醒,她始终搞不明白,明明一切都是按照爱情的轨迹走,怎么就这样莫名其妙地被判了死刑。空青决定去他们一起去过的山坡看看,一切都是在山坡之后改变的,她想,或许那里会有答案。

空青在山坡的草地上看到了广白留下的烟蒂,就在她曾经躺着听广白讲故事的地方,旁边还有一个用干草编织的心形花环,花环下是一个"青"字,是用烟蒂在草地上烫出来的。空青见过类似的花环,她看见广白在石桥上教小镇姑娘编的就是这种花环,只有广白那双灵巧的手才能编出这么漂亮的花环。空青好像突然明白了什么,她发疯了似的跑回镇里找广白。

空青先去了医院,值班的护士告诉她广白已经下班了,她就直奔广白家。空青敲了很久的门,她感觉自己都快要把广白家的门给敲破了。空青说,广白,你开门,我有话和你说。空青又说,广白,我今天不把这些话说出来,我是不会走的。

广白最后开了门。广白说,你要说什么快说吧!空青撩了撩她一头乌发,快快不乐地看着广白说,你可以用一杯热水烫死我,也可以用一杯冷水冻死我,但你不能用一杯温水耗死我。

广白说，什么意思？

空青说，意思就是，我喜欢你。

广白愣了一下说，你在我心里就是邻家小妹妹。

空青说，那我也是能读懂你的邻家小妹妹。

广白说，这世上没人能懂另一个人，就连我自己都不懂自己。越往人生后半程走，在热闹的人群中越是沉默。

空青说，我和她们不一样，我能懂你的那些痛。

广白说，那是我自己的事。你走吧！说完，便关了门。

空青走出广白家的时候，阳光很大，大得她都睁不开眼。她想，盛夏的太阳怎么可以这么刺眼的，阳光不应该是温柔的吗？她想，她对广白的爱是不是也像这阳光一样太热烈了，所以才让人一下子无法接受。

这个盛夏的傍晚，空青没有哭也没有难过，她静静地躺在那片熟悉的山坡上，仿佛一切就发生在昨天。她想，广白是挖了一个坑让她跳下去，然后在边上看着。她还以为只有自己是特别的，原来广白只是不知道要怎么拒绝她。她想，他是我的浪，可惜我不是他的岸，就感谢他赠给我的一场空幻一场梦吧！

后来，空青的"半夏苦酒"书院就一直关着门。空青和对面的常山说自己旅游去了，不知道什么时候回来，别惦记她，其实她哪都没去，她就是把自己藏起来疗伤了。一周过去，空青打算出门走走，她去了城里，去了和广白第一次约会的西餐厅，去了天桥、夜市，还有火车站，去了他们去过的每一个地方。空青想，这个夏天，爱情到底来过没有？如果没有，为什么会有这么多甜蜜的痕迹？

空青在火车站附近遇见了方海。方海是回来相亲的，家里知道他和曲莲分了之后，忙给他安排了老家的姑娘，他们希望方海能回来，这样结婚的压力也会小一些，至少家里有房子可以住。

空青和方海略显尴尬地寒暄了一阵。临走前,空青说,方海,我向他表白了。

方海说,我知道。

空青说,你怎么知道的?

方海说,广白来找过我了,我看他那副样子就什么都知道了。

空青说,是什么样子?

方海的脸有点难看,方海说,我还有急事,我先走了。

盛夏的艳阳火辣辣地煎熬着每一个为生活奔走的人们,空青一个人站在马路中间,她感到身体有些乏力,阳光正像尖刀一样刺向她的眼,她努力地伸手去挡住那些不友好的刀刺,可她挡下了刀刺却迎来了一个更大的银色物体,它正飞速地向空青驶来。

空青醒来的时候,发现自己躺在市中心医院的病房里,她的右脚裹着厚厚的石膏和绷带,手臂上也有好几处划伤。护士正在给她换药,护士说,姑娘,你醒啦!你被车撞了,还好那面包车刹得快,你真命大!空青没有说话,她面无表情地看着护士,她感觉这一切怎么都这么像一场梦呢?这个夏天的梦怎么这么长呢?

医院让空青联系家属来办理住院手续,空青没给老商打电话,而是叫来了闺蜜紫苏。紫苏来的时候,还叫上了好些要好的小姐妹,她们叽里呱啦地围在空青身边嚼着舌头。有人说,你真是吓死人了,怎么这么不小心呢?有人说,听说你和镇上那个叫广白的大夫好了?真的假的?你出事不会和他有关系吧?他怎么不来看看你?

空青把自己变成了一个哑巴,她什么也不想说,她觉得现在自己说什么都没有意义,因为梦已经醒了。后来,那些叽里呱啦的小姐妹们陆陆续续地走了,只有紫苏一个人留下来照顾空青。紫苏说,你别嫌我多事,广白好像知道你住院了,有个小姐妹多事跑去和他说了,但是他好像没啥反应。然后,空青终于说话了。空青说,紫苏,我和你讲个故事吧！有一天，小姑娘说我好喜欢他，我要去找他。后来，小姑娘说我的心好痛，我要走了。于是，小姑娘一夜之间变成了大人。紫苏叹了一口气说，好好养病吧！都会好起来的。

后来，空青出院回到了镇里。医院叮嘱她要按时换药，如果药用完了，就去镇医院配。空青说，紫苏，你帮我去镇医院拿药吧！我就不去了。老商也听说了空青被车撞的事，他黑着脸来到书院说，老子叫你别认我这个爹了你就不认了？出了这么大的事也不和家里说了？你不认我这个爹，我还得认你这个女儿！你好歹也是我一把屎一把尿扯大的，不能这么便宜你。空青哭了，空青躺在阁楼的小床上，把被子都哭湿了，她说，爹，我知道错了。

这个盛夏的午后，空青坐在阁楼的窗台上，风很柔地吹在脸上，阳光明媚得有些刺眼。空青一直看着那个阳光的光点直到睁不开眼睛，她想，用力的爱是不好的，容易刺伤人的。她又想，广白找方海的时候到底是什么样子呢？空青就这么把自己关在书院的阁楼里，终日看着天发呆。

老商每天过来给她送饭，但她只吃两三口就说吃不下了，连最爱的带皮红烧肉也没办法让空青开胃。老商实在看不下去空青如此郁郁寡欢地折磨自己，就去找了广白。老商对广白说，我和你说，你听着就好，说完我就走。老商接着说，人到了一定年纪，遇到和自己年龄相仿的人，都是心里装有别人的人。没有人再会用全部去爱你，因为在他们心底埋藏着回忆和经历。这些回忆和经历让他们更懂得，爱一个人的距离和分寸。但是空青不一样，她这个傻孩子一直在用全部去爱。

再后来的某天，有人看到广白提着大包小包到老商家去了。广白终于恍然大悟了，他是去求婚的，这份晚到的勇敢让老商为女儿喜极而泣。广白站在中堂中央对老商说，我想见她，我有话和她说。过了许久,老商领着一个头发花白的年轻女人从里头走了出来,女人坐在中堂的红椅上,目光涣散地看了广白好一会,才悠悠地说,对不起,您是谁?广白失控了,他像做错事的孩子一样,哭着跪在了女人跟前。这时,小镇的天也哭了,一场应景的暴雨很合时宜地汹涌而下。女人站起来泡了一杯茶,她看着屋外的雨,笑了笑说,爱情不是一生都有的,并不能错过。

那天傍晚,"半夏苦酒"书院又开门了。镇里的人们看到一个白发的年轻女子站在台上讲一个很长很长的故事,讲着讲着,女人眼角的泪水总是泛起了又落,落了又泛起。有人说,可惜了这一头黑发呀!那可是她最骄傲的东西!有人说,她怎么哭成这样呢?就像在说她自己的故事似的。那场暴雨也下得很大,一直淅淅沥沥地下到了立秋,小镇的人们都说,一定是天破了个窟窿,不然是谁心碎成这番模样,哭透了这一整个夏天呢!

大地上的说书人

李英昌

听　虫

一

　　小镇的夜与城市不同,如同一把未经烫染的黑发,散开,扫过我们的脸颊。打开门,我们坐在过道上,穿堂风把人吹成轻盈的羽毛。从山中吹来的凉意,一遍遍洗刷我们的身体。我已经准备好了,你可以让你的乐队开始演奏。

　　你说这些虫子是你的乐队,这个小镇上没有人会反对。你跟它们相处有 10 年了吧,当我问起它们都叫什么名字时,你只能说出两三个名字,这多少有点过分。不过,今天我是你的客人,而且乐队已经开始演奏了,我也就不再挑剔了。

　　最先发声的是键盘手,它们四个音一组,重复着,如同挥舞一把擦得锃亮的四股钢叉。低沉绵密的弦乐队藏在幕布背后,它们的叫声如潮水般一波波涌到前台。还有第三种叫声,我们不约而同地叫起来。是的,有一群乐手正用锤子敲击着铁管,叮叮叮,打着节拍。

这只是乐队的一部分,在更远的地方,在小镇外的草丛中,树枝上,还有数量众多的乐手在演奏。它们都是些喜欢即兴演奏的乐手,我刚辨认出一种旋律,它们又马上换成另一种。这些叫声仿佛油画的笔触,细辨,每一笔都是杂乱的,可整体听来,却又说不出的和谐,舒畅。

这个老房子是音乐厅中一个位置不算理想的包厢,要听完美的交响乐,就要走到田野和山林之间的小路上。远远近近,高高低低的虫声把你包围,闭上眼睛,你会发现自己站在星空中,每颗星星上都坐着一名乐手,它们围绕着你缓缓旋转。

二

为什么虫声能轻易打动我们挑剔的耳朵,简单的旋律,经过无穷尽的叠加让人眼花缭乱,比得上最动听的乐曲。这乐曲我们听不懂,却感到那般亲切,仿佛我们曾经听懂,并被它打动过。此刻,我们心中有一扇门被推开,一只被囚禁的虫子忘情地歌唱着。

我不喜欢科学家们的武断,宁愿相信每只虫子都是穿黑色燕尾服系领结的风度翩翩的小人儿。我们的祖先,也曾是它们中的一员,被血液中莽撞的激情点燃,对着未被灯光斑驳的夜空拼命歌唱,它的歌声穿透沥青般浓黑的夜,它要让它的爱人听见它了,要让所有生物听见它,要让遥远的星辰也知道它的存在。

虫声和星图一起记录在我们 DNA 的螺旋中,充当人类向文明进发的阶梯。人们开始发出更繁复的声音,有了语言。他们用语言描绘自然,以一名小说作者的专横篡改自然。人发出的声音压过了其他物种的声音,人的阴影开始笼罩世界。

混凝土地面蚕食着泥土,终于有一天,我们被自己的夜包围,除了人类,其他物种都已灭绝。在死寂的城市里,没有人听过虫声,人们依靠传感器交流,慢慢变聋变哑。总会有一个孩子被虫声惊醒,在虫声的引领下，找到藏在古老墙壁里的，最后一本纸质的书。他只是轻轻一碰，书页就碎了，变成一群黄蝴蝶飞走了。

幸运的话，他会抓住其中一只，放在手心，上面印着的是古老的汉字，孩子看不懂，但是这些汉字会自己朗读自己。"七月在野，八月在宇，九月在户，十月蟋蟀入我床下。"一只，两只，三只，无数蟋蟀叫起来，人们从噩梦中醒来，睁大眼睛，看见混凝土的屋顶裂开，漏下星光。

白梅花

午后，带你去看白梅花，带你去看这本城市流水账上的一个精彩的比喻。走在宾虹公园的回廊里，被汽油机、柴油机和电动机催促的人儿感叹：古人真的很会享受，如果不是经常缓慢地走在季节的缝隙里，也想不到以回廊来增加散步的距离。两点之间，最短的是直线，而最美的却是曲线。深知曲线之美的古人，在两点之间，布置了许多风景，在生与死之间，埋藏着许多惊喜。妹妹，你信不信，今天带你在城市里走了这许多冤枉路后，会有一个惊喜等着你。

我们走过大桥，怀中的温暖被西伯利亚来的骑兵洗劫一空。风很冷，请原谅我把青色棉大衣的帽子戴起来，把两只手笼在袖子里，像一个苍老的农民踯躅在五光十色的城市中，像一枚种子飘荡在冬日荒凉的大地上。我始终相信，这个世界有许多通道与别的世界相连，也许，春天就与我们一墙之隔，但是我们推不开那扇无形的门……所以我们要曲曲折折地走，所以我们即使走不进春天，也能收获很多的惊喜：它们藏在落叶背后，藏在陌生人凝滞的表情下。

你从未见过梅花，不知道那些身体轻盈的精灵们怎样抓紧在寒风中颤动的枝条。正如我，不知道你这精灵一样瘦小的人儿怎样穿过人世间的风雨。早晨下过了一场小雪，那洁白的足迹曾在绿叶上、屋檐上和女孩的帽檐上停留,只停留了几个时辰便消失了。你开始担心,梅花会像雪花一样,在你看到它们的前一秒钟消失。我心里也很着急,我不知道去年相逢的白梅花今年是不是守时?因为在我看来,白梅不是这个世界的事物,它是从另一个世界飘来的,只是因为它们足够轻,轻得几乎只剩下灵魂,它们才能穿过季节的缝隙,落在梅树乞求的手中。

必须要走过寒冷的江畔,必须要拐过曲折的回廊。妹妹,你期待的心是否因此变得平静,你匆忙的步伐是否因此变得从容。如果没有,让我们在残荷横斜的池塘边稍做停留,曾经繁华的朝代,遇上严厉的时光,删删改改之后,只留下一池的沉默。妹妹,你看,只有这一池的沉默,才容得下树石与楼台的倒影,才容得下这浩瀚的天光。你不会明白,你也无须明白,你眼睛亮得像早春的柳芽,一看就是个蛮横的家伙。我平静的心里,竟然泛起了一丝嫉恨:我也曾是一个放纵悲喜的人,也曾大朵大朵开花,大口大口饮酒啊……

不如把古人抛到一边,把凛冽的时光和浩瀚的天光抛到一边,奔向白梅花。满树的花朵让人迷狂,我们为何没有一千双眼,没有一千颗心,可以在瞬间与它们相认!我们要收摄心神,像炼丹师在最紧要的关头,凭借灵魂中的那丝牵引,把自己所有的心血投进丹炉。这一朵是你的,而那一朵是我的。细细地端详,白梅花穿着小红袄,千手观音般伸展着晶莹的花蕊,颤动如蜗牛的触角。你轻轻地叹息一声,你看到在它洁白的肌肤上纵横着或粗或细、或多或少的淡黄色疤痕。

不要去追究它们的过往,我们只管陶醉在清水洗过的芳香中,只管尽情地欢笑,惊飞那些残留在瓦楞间的雪花。我要用白梅花的白照亮我的影子,当影子融化后,我就能像一朵花那样停栖在树枝上。有风吹过,我看到无数精灵起身,扔下无数用旧的影子。其中一朵,落在你头上,你捧着它,闻了又闻。妹妹,不久,它会变枯变黄,变成一小团泥土，因为白梅花的白已经飞走了。白，原本就不是属于这个世界的颜色，它们是精灵，想来就来，想去就去。因为我们此刻都有一颗因期待而打开的心，所以它们才会在我们的灵魂中停留，让我们化作短暂而洁白的梅花。

芥子之园

去兰溪，去李渔的芥子园。一路的大雾，是昨夜留下的那个温暖的梦。大地漂浮在无边的海面，旅途中的人，紧张地看着路，仿佛抓着一根自岸上伸来的缆绳。终于，车停下来，面前是一座古色古香的园林，园门敞开，要不是守的老人笑着问候，真不知该向谁去打听我们身处哪朝哪代。身后，大雾依然无边无际，此处虽不是岸，但一个小小的岛屿，已经可以让旅行的心稍做歇息。

迎面便是一块石头，看到上面镌着"须弥石"。不禁一笑，原来这就是佛经中所说的"芥子纳须弥"，主人一定是个聪明人，所以读佛经读出禅宗的机巧。过了几道门，里面别有洞天。园子中心是一片小小的水域，不知该称作池塘，还是称作湖海。以石桥为界，一边是仰脸看天的睡莲，一边是俯首照镜的残荷。楼台和草木被雾浸透了，便不安分起来，有的起舞，有的吟哦。碎在枝叶砖石间的杂念，又开始涌动波涛。它们的时间跟我的不同，十年的悲喜，足够把我变成一个陌生人，十年的风雨，却只能让那面不谙世事的围墙学会在嘴角绽出一丝微笑。树丛中的屋檐正学着树的样子，一点点向天空生长，不知多久会开花？而我是风，是风中的尘土，匆匆行过。

主人坐在桥头，冬已深了，此处风寒刺骨，他却一动不动，隔着莲塘看那空空的舞台，等待下一出戏。这些戏都是李渔自己写的，由雪儿领着众女子表演，演着演着，台词忘记了，情节遗失了，繁花燃成灰,红颜化成土。李渔似乎也明白,这戏里小小的机巧,不过是障眼法,不过是这精心构筑的燕又堂。谁又能一直站在戏外?主人下了楼,上了台,与风雨对饮,与草木言欢。

石像一脸从容。从洪荒起,这场大戏一折折演来,无穷无尽。不必劳神寻求因果,只求在入戏的瞬间,感到身在此处的踏实。这块顽石,不过是暂时借用了那人的身份,等雪儿自一朵睡莲中升起。"且制新歌付雪儿",寻遍了园子,却找不到雪儿,只有对着院墙发呆。爬山虎将它的网晾在院墙上,它曾打捞起来的姻缘,重又飘散,只留一枚红叶,微微颤动。这该是她留下的线索,一纵身,便跳进红叶中,用全部的脉络,细细抚摸当年那枚暖玉。

我是永世流浪在天地间的顽石,那瞬间的温暖藏在心间,比芥子还小,却能抵挡岁月深处的寒冷。再一次展开泛黄的剧本,补上漏写的情节:雪儿推开院门,端来暖酒的桃花。这样的酒,只需一杯,便能醉透。我们小小的庭院,藏身在尘埃中,随大化沉浮。

节　日

一

我们坐车穿过闹市,穿过田野,来到汤溪镇寺平古村,一个以古建筑和砖雕闻名的村庄。我们正碰上寺平古村农家乐旅游节,村口竖起大红的气拱门,古树上悬挂着彩色的气球,穿旗袍披绶带的女人站在路边,人们赶庙会般推搡着穿过小巷,一派节日的气氛。拿胡琴唢呐的汉子拨开人群,急匆匆向村里走去,他们要赶在演出之前,把曲目再排上一遍。村里空地上早搭起了舞台,演出还没开始,人们便把舞台围了个里三层外三层。锣鼓敲起来了,唢呐吹起来了,八抬大轿已到了村口。

官府的人领着迎亲的队伍,挑来皇家的聘礼,他们要接银娘去京城候选。锣鼓在催，唢呐在催，喜上眉梢的父母在催。银娘坐在绣楼上，对着铜镜，把梳好的头发又检查了一遍，把唇上的胭脂擦去一点。铜镜总是不够清晰，银娘看不清自己，看不清姨娘口中那个天姿国色，一定会当娘娘的美人。银娘的心怦怦地跳着，她一会儿笑，一会儿皱眉，镜里的影像水波般荡漾起来。

银娘悄悄走下绣楼，出了后门，她想和少时的玩伴道别。小巷显得很冷清，人们都聚到村口，看皇家迎亲的排场。没有晃动的人影，小巷的墙壁显得明亮，可以看见它们脸上的灰色斑点在慢慢长大。银娘心里一阵发慌，她在井边的石凳上坐下，看着屋檐上捉迷藏的云朵，看着屋檐下发呆的红玉米，她的心情又平静下来。

锣鼓的响声从天边传来，胆大的麻雀站在石栏上，好奇地看着银娘，它仿佛在问："银娘，你坐在这儿等什么呀？"它不知道，银娘在等那个挑水的少年，每天此时，他都要挑着水桶，从小巷那边走来，肩上扛着一块暖和的阳光。可是，今天他没来，他或许正在村口看迎亲的队伍。银娘感到嘴里有些苦涩，不过，她马上被一行横过天空的大雁吸引：它们最后是不是落脚在京城，落脚在那个传说中富丽堂皇的人间天堂。银娘的心变得轻盈，井边刚长出来的小草，在深秋的凉风中颤动着它的双翅。

锣鼓声从天上落下来，鞭炮声从地面迎上去。寺平村要出贵人了，这个消息传遍了附近的村镇，看热闹的人们挤在村口。起轿，领队的官员一声令下，绣着龙和凤的彩旗迎风招展，把银娘的轿子裹进一片彩霞里，往天边飘去。

二

这是寺平村的节日，也是游客们的节日。来自各地的游客聚集在这里，看古建筑，品尝农家菜。我们跟随人群踏进古老的小巷，去时光深处寻觅。一路上，那些在时光中老去的古树和砖石指引着我们。

节日的人流并没有惊动沉睡的古建筑们,它们躲在时间若有若无的阴影背后,等待着。导游为人们讲解崇厚堂门面上砖雕的九狮抢球、立本堂的建筑智慧、各种古农具的俗名和用途。他在一边默默听着,抚摸着水车、木耙,它们粗砺的表面在他心中唤起一幕幕散乱的场景:他扶着木耙穿过野花盛开的春天,从他的脚印里抽出一支支稻穗;他顶着火辣辣的太阳踏着水车,河水在他背上酣畅地流淌。

他仰望木梁上满面尘土的花草、灵兽,他又看到那只鹿,那张温驯却又执着的脸。它们原本透着木质的红光,历经几百年,木头的色泽和纹理已经黯淡下去,但木头里蕴藏的精魂却一直醒着,见到他,便发出低低的呼唤。人们已经随导游远去,整个厅堂里只留下他,呆呆地仰望天井上方的绣楼。那年的阳光停在屋檐上,那年的欢声笑语还在梁柱间回荡,一朵旋转的荷花迎面撞来,他急忙伸出手,却只触到一片没有重量的阴影。

他们那时还小,照着砖雕的戏剧场景,排自己的戏。他演吕洞宾,银娘演何仙姑,她拿着一朵荷花上了绣楼,学着戏里的小姐,把荷花抛下来。绣楼下的伙伴们张开双臂,争抢那朵在空中旋转的荷花。他没有看到荷花,他只看到银娘那张满月的脸,比荷花还好看。他呆站在那里,从后面冲过来的伙伴们把他推倒,他下巴磕在青石上,留下一道浅浅的弯月状的疤痕。那时他不觉得痛,荷花就落在他眼前,他嗅到雨水的芬芳,他把荷花紧紧搂在怀里。

他觉得冷,走出厅堂,到盛满阳光的小巷中,他想告诉银娘,他又见到那只鹿,又见到那朵荷花。锣鼓的声音一刻都没停息,挑水的少年在小巷里慢慢走着,想着,银娘要走了,再也不会站在井边,看他用水桶激起满井的波涛。少年觉得浑身没有力气,放下空空的水桶,蹲在墙角发呆。许久,他才听到自己的一声叹息,一眨眼,他就和檐边的木雕一同老去。

三

独自在古村里游荡,推开一扇虚掩的门,房间里没有人,古老的家具按照当年的样子摆放,雕花木床、梳妆台、木箱、长凳。在红漆磨损的地方,透出木头,积蓄在木头里的阳光一点点流淌出来,温暖他的眼睛。母亲正在纺线,旋转的车轮从她身体里抽出一匹匹棉纱,直到她消瘦成深秋的稻草。少年站在门边看着,觉得自己所有的力气都被抽走了,从此以后,他再也不去那口井挑水,他知道他再也无法从那口井中打起他们重叠在一起的笑脸。

他看到欢庆之外的另一个村庄,老人坐在阳光下静静地抽烟,老婆婆刚从地里收来的豆荚摊晒在青石板上。他有很多话想说,却又不知如何说,向谁说。八仙桌,红烧肉,黄酒一碗接着一碗。他嘶吼着:"六六顺,四季财!"梁上的灰尘被他震落。酒在他身体里燃烧,他面前的世界变得模糊起来。门边有人影晃过,像是风吹走一朵荷花。他伸出手,伸向远逝的彩云,他要把银娘拉回来,要抱着她,要用发烫的脸温暖她被十一月吹冷的脸颊。

他又回到井边,被人们唤着银娘井的这口井。他不敢靠近,只是远远看着,他怕在井水那幽深的眼睛里看到层叠的悲欢离合。井边放着一个木桶,桶上有一道裂纹,此刻正向外流淌明亮的井水。远远地,从舞台上传来欢庆的乐声,古树龟裂的树皮上,一只通体碧绿的蚱蜢颤动着它的触角,感觉空气中音乐的涟漪。一路细看老屋上的牌匾"日照吾门""五世其昌",不知不觉,他身上那枚沉郁的叶子已转成金黄。

去村口看烟花,看生灭无常的轮回。那不甘沉寂的烟花,一次次绽放,一次次敲打倦怠的灵魂,让它破碎,让它拼接成一曲曲华彩。坐车离开村庄,回望那星星点点的灯光,心神恍惚,不知身在哪个年代。当最后一点篝火熄灭,沉睡的灵魂一个个醒来,他们悄无声息地来回走动,擦拭农具或是摇动树木。他们用指甲在砖木上留下细小的记号,让流落在外的故人能够辨认出来,能够在这些记号的指引下,推开某扇木门。

在回去的车上,他睡着了。他看见一盏油灯在不停地绽放小朵的油菜花,一朵朵飘落,堆满了大半个房间。他从外面带来的那缕风,让静下来的油菜花又旋转起来。"银娘",他轻轻唤了一声,灯下缝补衣裳的人转过脸来。

老茶馆的茶

老街不会消失,老街藏在人们的脚下;茶馆不会消失,茶馆藏在人们的唇边。

好多年过去了,码头上说书的人已经老成了一棵驼背的树,他手中的惊堂木也哑成了老街屋角无声的砖头。当年被惊堂木吓走瞌睡虫的孩子,擦了一下眼睛,便惊讶地发现码头已被楼房、街道、广告招牌打扮成另一个人。失去线索的人,盯着眼前晃来晃去的人影,突然,他发现那年一起听书的老人。老人已经换下了破烂的衣服,但他的衣襟上还留着被火烫焦的一角。当年,说书的讲到薛刚把太子打死,抽旱烟的大爷惊得手一抖,没有压实的烟丝掉下来,在桌上翻了个身,在他的衣襟上咬了一个洞。

他缓慢地往前走,像一条在平原上松懈了的河流,在寻找时光的痕迹。老街还在那里,茶馆的门开着,里面被客人摩挲过的桌椅发出隐约的红光,如同被灰尘包裹的宝器。挑一个靠墙的位置坐下来,三角钱一杯茶,唯有这便宜的茶水的色泽,能配得上这茶馆里木器的暗红。茶馆进深不过五六米,桌子不过五六张,却给人幽深的感觉。背后是街道,面前是墙壁和墙壁背后隐藏的无数日子。用一口口略显苦涩的茶,清洗嘴里的异味,直到舌头又浸入了那条河。我品到水草的微腥,茅根的清香,天光的纷乱,石头的安宁。

三三两两的人影从时光的缝隙中钻出来,他们都是在这里喝了几百年茶的老客了。整天在这里下象棋的老人记得,现在五十来岁的老板娘也曾年轻过。他细细嚼着喝进嘴里的苦涩的茶叶,老人想着那根被风摇动的竹子,摇着摇着,竹子便成了一个姑娘。那时他还年轻,还抓得住蛇一般倔强的竹篙,撑得动船。一口就是一碗茶,敲着桌子唤添水的姑娘。竹子一般摇着的姑娘摇来了,又摇走了。他每次付茶钱都要捏一下姑娘的手,直到和姑娘一起变老。老人年轻时贩过茶叶,贩过辣椒,老人有祖传的精明头脑。临走时,他又轻轻捏了一下老板娘的手,这是第三千次了,他嘴里的茶渣只剩下清香。

无处不是高原

一

小城坐落在江南平原上,台风刚刚过境,留下澄净的蓝天和一座座云山。如同一位高超的平面设计师为了取悦观众,把小城平日黯淡的背景抹去,换上高原的晴空。我没去过高原,只是在飞机上看过那种不起波澜的蓝和如雪堆砌的白。我坐在横穿小城的公交车上,喧闹声包裹着我,我却什么都没听到,我眼中只有天空,我想我正在和一双凝望了我千年的眼睛对视。云在我们之间变幻成马,变幻成鹰,变幻成巍峨的佛像。

胸闷,呼吸变得困难,心仿佛被紧紧抓住,和你说的高原反应一样。每个去过高原的人都有过那种体验。我想,这也许是那片土地对陌生人的拒绝。被拒绝的人会发现自己飘浮在世界表面,世界就在眼前,却永远也够不到。在闹市翻开一本高原的画册,雪山,经幡,酥油灯和亘古的寂静河水般流过,我却无法把手伸进河水里,掬起一把清凉。我大口喘息,四年后,我依旧是小城的陌生人,小城依旧是我的高原。

二

你喜欢旅行,喜欢在陌生的地方把自己放飞。你还经历过更奇妙的瞬间,在高原,在水乡,在某个不知名的小旅店,突然与自己的命运相遇,仿佛那里有过自己的往事。你是一个相信前生来世的人,所以你把旅行当成一种印证,印证你曾有的过去和你将有的未来。我有的是另一种印证——等待,我在等待未来变成现在,现在又变成过去。这也许就是轮回,但除了轮回,我们还能往何处去。

在渴望超脱的人眼中,高原是一艘航向天空的大船,它以神圣的雪山为桅,以随处飘扬的经幡为帆,以雄伟的寺庙为仓,以转动的经轮为舵,它在 4000 米高处起锚,航向天蓝的深处。每个去过那里的人,都曾是这大船的短暂乘客,每个留在那里的人,都和那里虔诚的居民一样,成为永世不能离开的船员。这是一段过于漫长的旅途,没人能忍受种种情绪的累积,大智若佛,也要一次次转世,用转世化解心间的戾气。

你曾到过高原,曾见过神山的真容和寺庙外晒太阳的倦怠的人们。在一个平原村落里长大的孩子看来,这是一个倦怠的高原。旅程还在继续,但旅行者心中强烈的愿望不断被单调的生活消磨。于是它坐下来,躺下来,它在一个荒唐的梦中接纳万丈红尘。不知你是否见过那些苦修者,在他们心中,有一座真正的高原,在那里,生命每时每刻都站在悬崖边,每次日落都是死亡,每个黎明都是重生。

三

他注定是俗世中的人,他想去高原,只是想去稍微高出自己的地方,享受一下俯视自己的感觉。他觉得自己在一个地方待得太久了,像一根松弛的线头,他希望能够找个理由,让它绷紧一些,让发出的声音更明亮一些。不一定要有佛像和经幡,不一定要被神圣的事物包围。跟随朝圣的人群行进,在离高原很远的地方,他就停下来了,因为感到一阵欢喜,他要专心感受这欢喜,让欢喜把他融化。

他要用力搅动阴沉的水面,搅出许多明亮的泡沫。他像石头一样笨拙,像空气一样单薄,所以他要承担石头的重量,要被红莲的火焰穿心而过。他用昆虫的眼睛看到阳光的金线,用卑微的心看到小城庄严的骨骼。当他心怀欢喜,一路傻笑时,他走过的地方都是高原,他此刻的渴望,已经算得上一种信仰。

大地上的说书人

记不起是哪一年的七月,说书人离开了茶馆。他把惊堂木和折扇都小心地收进布包里(这是他所有的道具)。在幽暗的茶馆里待得久了,他的眼睛被新鲜的阳光刺痛,猫一般眯成一条缝。故事里的大侠在快意恩仇后,来到塞外,也曾面对这般赤裸的阳光:前面白茫茫一片,没有天,也没有地,不知往何处行走。

说书人不得不回头。从江湖恩怨中抽身出来的人,又要重新踏进春耕秋收的轮回。街边的屋檐在大地上投下一道影子,说书人踏着这道影子离开洋埠老街,来到稻穗低垂的田野上。正是午后最热的时光,割稻子的人躲在阴影里喘息。饱满的稻子在风里起伏,在阳光下炫耀它们的重量。割稻子的人一生都被这重量压迫,直到被硬生生压进了泥土里。说书人早上还在田里割稻子,那时有一股力气支撑着他,把稻穗一把把抓在手里,齐根割断。可现在,那股力气被幽深茶馆里的故事消磨了,在稻穗明晃晃的金色中行走,他感到一阵虚脱。

曲折的情节让侠客如鱼得水,他的双脚能日行一千夜行八百,他的双手能举起千斤重的石头。没有什么能阻挡他匡扶正义的脚步,他大喝一声,山崩地裂,天地变色。说书人舔舔干涸的嘴唇,深吸一口炙热的充满阳光的空气,把身体里的阴影驱赶出去。一股蛮力从他的丹田升起,灌满虚空的经脉。汗水一滴滴渗出油亮的皮肤,如同结在他身上的透明的稻子。十八般农具靠墙摆着,他操起一把镰刀,风一般奔到田野上,砍下千万棵稻子的头颅。

他喘息着,任凭心脏像太阳般不知节制地跳动。田野上空的时光被他转动,天地间巨大的涡轮把世界搅拌在一起。他吞下天地间涌动着的金色波涛,化身为巨人,在广袤无垠的宇宙中奔跑。长呼一口气,他矮下身来,翻开泛黄的书页,将已背得滚瓜烂熟的《封神榜》再复习一遍。此时,夜色悄然从巨人的脚印里渗出来,如同巨大的画笔,在大地上描下山水城郭。鸡叫两遍,说书人熄灯睡下,呼吸变得均匀,如同在风里起伏的稻浪,一阵一阵,聚集着力量,准备猛地一拍惊堂木,从故事的囚笼中跳出来。

中午时分,说书人把镰刀扔到墙角,拎起装着惊堂木和折扇的布包。在田里割稻子的人俯身,低头,没有看见说书人从他们头顶上空飞过。

深山里的画师

从素不相识到冷暖相知,只隔着一个梦的距离,这距离有时是一眨眼,有时是一生。

就是这里,你曾梦见这个场景:一座小木桥横过小溪。小桥宽一尺,只容得下两人侧身而过。小桥离水面一尺,坐在桥上,双脚恰好浸入溪水。双脚一遇到溪水就苏醒过来,像不远处的那几只鸭子,胡乱弹拨着碧波。

这漫山的葱翠和一巷的幽静,不知是谁的梦境?风景中的人,如同风景中的树,心中藏着各自的阳光和霜雪,时候到了,我们就会像秋日的桂花,抖落一身芬芳。树如果能行走,也会像我们这般,从山上下来,走进溪水里。

我们在溪水中寻找精美的石头,寻找造化的炉火在它们身上留下的蛛丝马迹。任凭我们叩击,满溪的石头不声不响。我们只能走过小桥,去询问对岸的南瓜花。你斜坐在石阶上,轻声和花儿交谈。谨慎的蚂蚁,一列列爬上花瓣,把花儿透露的秘密拖进幽暗的草丛。

追赶蚂蚁,我们来到小巷的墙根,砖石整齐地垒着,挡住了我们的去路。既然是客人,就该遵守主人的规矩。我们老老实实沿着小巷往里走,一路猜想,谁是这梦境的主人?叮叮打铁的铁匠?他打的刀刃习惯于淋漓尽致的劈砍,不像这小巷曲曲折折;做豆腐的大妈?她做的豆腐洁白细嫩,不会在梁柱间留这许多阴影;做拉面的大嫂?大蒜辣椒味道浓烈,没有天井里的青草那般恬淡……当你悄悄拨弄木门上黑色的铁环时,我甚至疑心是你有意把我引进你的梦中。

转角处,瘦削的中年人窸窸窣窣地推开木门。他的白色衣衫上缀满宣纸的折痕,宿墨勾勒的头发与眉毛仿佛一簇簇松针,一团淡淡的烟云在他脸上聚散,变幻这山间的四季。我们跟进了屋子,墙壁上挂着一大幅"山间小镇图"。你一眼就认出来了:溪水还在哗哗地流淌,抱孩子的大姐正走过木桥……

主人蘸墨,在远山上方画了一只飞鸟。墨点落在画上就活了过来,它从远处飞来,停在铁匠铺的屋脊上。你惊叫起来,野鸽子嘴里竟咬着一朵明亮的茉莉花。

主人为我们泡了两杯茶,茶香里竟夹着茉莉的芬芳。

"你一直在画?"

"是的,三十年了,如果我不画,这溪水就会断流,这茉莉就会枯萎。"

"你为什么要用这么长时间来画这幅画?"

"为了寻找一个女人。"

"对你来说,她一定很重要吧?"

"是的,和我的生命一样重要。"

"她在哪里?"

"她就住在这里。"

顺着他的手指,在画面的一角,我们看到一个小小的院落。木门紧掩,院子里的紫薇高过黝黑的屋瓦。

"既然她在你的画中,为何不把她画出来?"

"因为我已忘了她的模样!"

他盯着画,皱着眉头,陷入了沉思。我们静静地站在他身后,不忍惊动他。我们想,也许他会突然记起那个女人的模样,只要唰唰几笔,他寻找了三十年的人就会站在他的面前。

他缓缓回过神来,看了一眼墙上的挂钟,摇摇头,时候不早了,他用毛笔蘸墨,在画上点染,暮霭自他的笔头倾泻而下。我们悄悄离开他的小屋。一路上,他为我们画了一阵凉风,两颗寒星和山间次第生起的灯火。

我们茫然地走着,离开了他的梦境,而前面又是谁的梦境?

月光下的铁匠

夜色落下来,铁匠仰面朝天躺在竹席上,像一把等待锤打的柴刀。他虽然睡着了,血管里的火依然在汹涌。翻来覆去的梦境不断被敲碎,只有无路可逃时,他才会满头大汗地醒来。他一仰脖,灌下一壶清水,压下突然袭上心头的虚火。他拎着铁锤,来到月光下,呼呼地抡起来,在石头上砸出点点火星。他不明白,为什么在每天晚上的梦境中,他总是那个惊恐的孩子,总是在逃,总是找不到容身的地方。

铁匠早早地爬起来,把铺子的门窗都打开。清晨的光没有一丝火气,正好擦亮炭灰里的刀刃。他把淬过火的柴刀一把把整齐地摆放在木架上,等吃过早饭,砍柴的人就会从大山的角角落落里赶来,把它们带走。他扭过头去,不看那些刀刃上晃动的央求的目光。这就是命!他狠狠地跺了跺脚。有时他实在控制不住,就拿起一把柴刀,劈向靠在墙边的锄头把,锄头把应声而断,柴刀的刀刃还是明晃晃的,没有一丝痕迹,只是刀刃上的光亮安静下来了,让他能够从容地咽下早饭。

徒弟怯怯地迈进门来,和二十年前的自己一模一样,不爱说话,只知道卖力地挥动铁锤。看着徒弟青草般单薄的身子,他叹了口气。铁匠摆摆手,让徒弟放下锤子,去把风箱拉得轰轰作响。他把铁块放进熊熊的炉火中。饥饿的铁块吞咽着火焰,复活成一条通体晶莹的红蛇,盘绕在铁钳上,吐着炙热的信子。他夹起通红的铁块,铁锤随后砸下。他早已摸透了它们的脾气,收拢散乱的心思,把力道拧成一股绳,让每一锤都落在它们的痛处,把它们驯服成斧子、菜刀。

驯服了的刀坯躺在铁砧上,不声不响。铁匠放下锤子,让徒弟去烧水泡茶。他站在窗边,凝望面前高耸的大山。阳光推动着大山的影子,沉沉地朝他压了下来。他一动不动,像树一般用根须紧紧抓住大地,用力撑着。他喘着粗气,他身上的骨头咯咯地响着,好像马上就要散架。他弯下腰,用钢铲在刀坯上铲出一道笔直的刀刃。他屏住呼吸,小心地在磨刀石上把刀刃磨亮,越来越细,细细的刀刃如同一条摆脱了身体的蛇,顺手一挥,就在大山的阴影中划出一道闪电。他忍不住用手指轻轻地在刀刃上抚摸,手指上尖叫的痛让他兴奋得全身发抖。在刀刃上留下的那丝淡淡的血迹,如同蛇苏醒后狂奔的信子。

初生的刀刃发出欢快的鸣叫声,它们还不知道等待它们的将是无穷无尽的暗夜与磨难。铁匠深吸一口气,最后的炉火自他胸口升起。他用双拳用力捶打胸口,张口吐出一团温暖、柔软的火焰。他用这火焰包裹着这些刀刃,给他们喂下一缕缕热血。他知道,唯有这热血能抵挡暗夜的寒冷,也唯有这热血能够让它们不畏磨难,一路向前。是时候了,他收起火焰,用一缸冰冷的水,为这些热血沸腾的心脏打造一层冰冷坚硬的盔甲。他狠狠心,掐断了血脉的牵系,从此桥归桥、路归路,各自承担自己的命运。

夜色早早翻过大山,那些柴刀都被取走了,铁匠铺里空空荡荡的。铁匠拎着一瓶酒,坐在门槛上。山风吹来,他轻飘飘地起身,踏着芦花,飞过小桥。他记得,溪水里的月亮,就是他年轻时打的那把弯刀。那飞舞的刀刃曾裁过朝霞,送过落花。他扔掉酒瓶,跪在溪水里,吐出一把明晃晃的碎片。他大声哭泣,为什么时光如此漫长,让所有的热血都在途中耗尽。

盲菊花

——听盲艺人徐金菊唱道情《方庆姑娘》

"正月里来正月正,二月里来百草青。"大块的夜堆垒着,看不见天空。山路一边走一边开花,等花谢了,山路便停下来了,山路那头的村庄便枯黄了,落在河床上,被翻滚的石头压碎。菊花天生是个盲人,什么都看不见,但她的心里却有一根嫩绿的藤,一刻不停地生长着。她要把夜敲碎,挖一个地道,去有光的地方。

"三月里来三月三,四月里来小麦黄。"有声音从天空落下来,打在菊花身上。菊花兴奋得整夜睡不着,摸索着这些声音的形状。薄薄的是树叶,厚厚的是木头,凉凉的是溪水,暖暖的是阳光。菊花试着发出声音,低低的一声,南瓜花开了,再高一点,一群麻雀飞走了。菊花还不会走路,她的声音就已经会飞了,飞过院墙,飞到大山。

"五月端午喜洋洋,六月莲子水里青。"菊花小心翼翼地脱下厚厚的衣服,用冰冷的手指摸索,找到自己与夜的边界。她必须记住夜的形状,记住哪里是桌子,哪里是台阶,哪里是疼。她学会了扫地,学会了烧火,学会了抱着弟弟妹妹走来走去。她全身长满了耳朵,小心地穿过夜,身后是沉默的巨兽,前面是万丈深渊。

"七月有个七秋凉,八月十五桂花香。"菊花听到有人敲打着渔鼓,唱起道情,抓着一条绸缎在空中荡秋千。那是条大红的绸缎,菊花抓紧它,往高处飞。越高的地方,夜就越薄,就在她快要抓住晨曦时,那人把绸缎抽走了,菊花掉下来,摔得很痛。菊花跟那人走了,她想要有一条自己的绸缎,可以抓着它在空中飞。

"九月有个九重阳,十月有个小阳春。"菊花越来越瘦,她从嗓子里抽出一根根丝线,织成绸缎。她的身体变得很轻,抓着她自己的绸缎,越过被烟火烤红的夕阳,被暮色压低的飞鸟。在茶馆,在农家,在辽阔的大地上,她一边唱,一边聆听。夜长出了一张张脸,胖的瘦的欢快的悲伤的脸。夜里有了阳光,她听见了自己绽放的声音。

"十一月里雪花飞,十二月里冷清清。"菊花老了,大红的绸缎挂在窗外的柿子树上,变旧变白。菊花穿上厚厚的衣服,静静地靠墙坐着,变成一把椅子。夜的海绵,把她脑海里的声音都吸干了。她的身体越来越轻,只要一阵风,她就能飞起来,飞到绸缎不能到达的高处,那里有无边无际的阳光。

行走在岁月里的古树

李俏红

那一年是公元 1130 年,南宋建炎四年。

那一年,大火焚烧着城楼,黄沙卷起烧焦的旗帜,四处冒烟的木头发出响亮的爆裂声,阵亡者的尸体横七竖八地倒在断墙破瓦之间,家园被毁,血流成河。虽然城中军民英勇奋战,坚决死守,无奈金军轮番进攻,使用了天桥、冲车等多种攻具,城中弹尽粮绝,无数将士为国捐躯。百姓生灵涂炭,哀鸿遍野。

那一年,金军再次南侵,长驱直下,北宋旧都开封沦落。金兵占领了山东,兖州陷落,曲阜孔林遭受兵祸。金兵四处杀伤抢掠,"纵火燔城,烟焰见百余里"。

那一年,孔子第 47 代裔孙、大理寺评事孔若钧和他的哥哥孔若古、侄子孔端友、儿子孔端躬等,护送高宗皇帝赵构离开山东,南渡到了杭州。因为一时无法回山东,孔若古一行前往衢州暂时居住,孔若钧这一支则留在婺州榉溪。从此,孔氏分成了"北孔"和"南孔"两宗。

"南孔"的由来,明清《金华府志》《磐安县志》《永康县志》以及《孔氏家谱》都记载得比较详细。话说当时孔若古一家先行到衢州,"权以州学为家庙"。所以,衢州有了孔氏家庙,历史上称为"孔氏衢州南宗"。而孔若钧、孔端躬父子一家则继续护送高宗皇帝到了台州章安镇,之后他们辞别皇帝,想到三衢与孔若古会合。

从山东曲阜南下时,孔端躬随身带着一株树苗,他曾发誓"此苗在何地生根,即吾氏之新址也"。当他们经过磐安榉溪时,孔若钧由于长时间跋山涉水,劳累过度,不幸生病逝世。待孔端躬料理完父亲丧事,扦插在地里的小树苗居然已长出新芽。望着眼前这株刚刚发出新芽的小树苗,孔端躬不由得仰天长叹:"这是天意啊!"看来是上苍选择了榉溪,孔端躬决定在此安居下来。从此,磐安县榉溪村成了"孔氏婺州南宗",是孔子后裔在南方最大的聚居地之一。

从此,"孔庙逾千所,家庙只三座"。

榉溪是个名不见经传的小村,从浙江磐安县城出发,沿 40 省道到沙溪口,过了盘峰乡政府所在地樟村,便是榉溪村。榉溪村古称榉川,村民中孔姓占 95% 以上。

在全国仅有的 3 座孔氏家庙中,榉溪孔氏家庙是唯一藏在深山中的孔氏家庙。在大多数人眼中,孔氏家庙只有两处,一处是北宗,在山东曲阜;一处是南宗,在浙江衢州。榉溪孔氏家庙很长一段时间不为人所知。

如今,孔端躬手植的这株树苗已经长成了参天大树。

一

榉溪孔氏家庙始建于宋宝祐二年(1254)。当年,宋理宗为追授孔端躬的功德,给予"婺州南孔"五级恩典,其中一级恩典就是在榉溪南岸赐造"至圣家庙",这就是榉溪孔氏家庙的由来。理宗皇帝还赐"万世师表"金匾一块,到了元、明时期,朝廷又多次拨款修建。

榉溪村不大,建在河谷里,个把小时就可以绕上一圈。孔氏家庙坐落在村子中部,坐南朝北,整座建筑以中轴线贯穿,由门楼、戏台、前厅、穿堂及两小天井、后堂组成。

在前厅"如在"匾额前,我深深地鞠了三躬,以表达内心对孔子的崇拜之情。

家庙内双龙戏珠的雕刻保存完好。古建筑学专家罗哲文认为,这就是家庙与宗祠的主要区别所在。家庙由帝王敕造,允许雕龙;宗祠是家人建造,不许雕龙。所以这双龙戏珠的雕刻就是家庙正统地位的象征。正因为其独特的地位和显赫的身份,2006年其以二级跳的方式跻身于全国重点文物保护单位,成为浙江古建筑顶端的一颗璀璨明珠。

家庙柱石也与别处不同,有宋、元、明、清四朝的不同式样,小小的柱石印证了家庙在不同年代不断修缮的经过。

出了孔庙,我第一要寻的就是那株孔端躬手植的"祖宗树"。"祖宗树"在孔端躬之父孔若钧的墓前,是一株古老高大的红豆杉,距今已有880多年了。历史的尘埃,淹没了许多人、事、物。唯有这株"祖宗树",在光阴的深处记载着无数的风云变幻。

当年,后有金兵追赶,前无家园可还。孔若钧有《感怀》诗为证。诗曰:"国否时危计致身,岂知今托栗山滨。庙林惆怅三千里,骨肉飘零八九人。顾影空高鸿鹄志,违时惊见梅柳春。皇天悯我斯文裔,净洗中原丑虏尘。"国破家亡,其时的悲愤忧伤可以想见。

时过境迁,孔氏后裔定居榉溪后,发奋图强,坚持诗书传家,耕读立世,力图重振家风。他们在榉溪开发农耕,办学堂,家族很快兴旺起来。后人中不乏当官、办学的名人,如裔孙孔挺曾为松阳县丞,孔思靖曾为东阳永宁、永寿两地巡检,如今村人已是第75代孙了。

路过一处不起眼的房子,村人告知,这里以前是杏坛书院。孔子第 50 代孙孔挺家境贫寒，却勤奋好学。为母守孝期间，曾建南山书院，从松阳县丞告老还乡后，躬身执教。因曲阜先圣讲学之处为杏坛，所以这里也被称为杏坛书院。村中还有一幢老房子，名"九思堂"，它取自《论语》"君子有九思"的意思，即"视思明，听思聪，色思温，貌思恭，言思忠，事思敬，疑思问，忿思难，见得思义"。在榉溪村，我还发现一件奇怪的事。一般房子都是坐北朝南，榉溪村的房子却是坐南朝北。这是因为先祖孔端躬原籍山东，"落其实者思其树，饮其流者怀其源"，房子朝北，是为了表示孔氏后人永远记着自己的根。

2019 年，我在曲阜孔庙看到成片的古松柏，有的几百年，有的上千年，枝干苍劲有力，孤直挺拔，岁月在它们身上留下了明显的痕迹。大成殿前甬道正中的杏坛，有一株古桧，树高 10 余米，挺拔高耸，枝干扭曲盘旋，似虬龙飞舞。旁边有一石碑，上书"先师手植桧"。北宋崇宁二年(1103)，大名鼎鼎的书法家米芾曾为这棵树写过一首《孔圣手植桧赞》，并书在《孔子手植绘赞碑》上。

榉溪家庙建好后，受战乱影响，屡毁屡修，而"祖宗树"世世代代屹立在村中，几百年不倒，它见证了婺州南宗孔氏近 30 代的繁衍，铭记着榉溪的历史沧桑与辉煌。

从"北树"到"南树"，从北到南的迁徙，其实就是一场文化的迁徙。一株阅尽人间沧桑的古树，就是活的文物，既是孔子儒学的象征，也是孔氏家族绵延不绝的历史见证。无数的历史更迭、成败兴衰，孔氏家族非但没被历史淹灭，反而声名鹊起，赢得了更多人的尊重。

二

一千年有多远？很远，历经宋、元、明、清。

一千年有多远？不远，它就在一株树身上。

在浙江义乌市最北面的村庄——大陈镇红峰村有一株存活1300多年的古银杏,植于唐代,虽饱经风霜,仍枝繁叶茂。一到秋天,一层层金黄色的落叶厚厚地堆积在山道上,像莫奈笔下的油画般绚烂,脚踩上去发出沙沙的声响。旁边有一座古桥,台阶上也积满了银杏的落叶,仿佛所有秋天的美都集中到了这儿,让人惊艳。

据说,这株树是唐代著名诗人骆宾王经过山道时手植的。红峰村地处义乌、诸暨、浦江三县市交界。早期,古越国的国都就在红峰村所在的勾乘山,这儿还是西施的外婆家。

骆宾王是义乌李唐村人,7岁作《咏鹅》,号称"神童"。"鹅,鹅,鹅,曲项向天歌。白毛浮绿水,红掌拨清波",简简单单的四句诗成了流传千古的名篇。

成年后,骆宾王的遭遇坎坷,曾因其个性强得罪人太多被送进监狱。出狱后对自己的际遇愤愤不平,对武则天的统治深为不满,一直快快不得志,总想为匡复李唐王朝干出一番事业。就在这个时候,一个令他无比兴奋的消息传来,唐朝开国元勋徐茂功的孙子徐敬业扛起了反抗武则天的大旗。于是,60多岁的骆宾王毫不犹豫地加入了这支队伍,并激情满怀地写出了《讨武曌檄》的战斗宣言,对武则天进行了猛烈批判。檄文慷慨激昂,一气呵成,如迅雷贯耳,倾注了骆宾王巨大的政治热情,显示了他文学上的高超才华,甚至让武则天为之动容。

但结果是"敬业败,亡命不知所之"。据《中国名胜词典》记载:"骆宾王墓,在浙江义乌县城东15千米枫塘。墓前石碑为明崇祯十三年(1640)重建。"据说这是个衣冠冢。兵败之后,骆宾王是否回过故乡?有没有到三县交界的红峰村避难?有没有再去看看他手植的那株银杏树?史料没有任何记载,骆宾王的最终去向成了一个谜。

据当地人介绍,此树经历过3次火灾:一次是被雷劈而引起的火灾;第二次是日本人烧的;第三次是老叫花在树洞里烤叫花鸡时不小心点燃的,可如今这棵树还顽强地活着。

骆宾王早已不知所终,而一株与他有关的树依然站立着。微风拂过,金黄色的银杏叶缓缓飘落,仿佛那些逝去的时光,还保持着最初的温度……

正如每个人都有故事一样,每株树也都有故事。

那日,听说磐安县安文镇有一株已存活1500年的香榧树时,我不大相信。当我真的在半山腰看到那把撑在山坡上的绿色巨型大伞时,一下子被震住了。在一片杂木翠竹丛中,高大的香榧树给人一种鹤立鸡群的感觉。其昂然挺拔,高耸入云,梳子似的叶片间挂着一颗颗青绿的果子。村里一位老者说:"我出生的时候古榧树就这么大了,我今年80多岁,越来越老了,早已吃不动香榧,可这株香榧树却没有任何变化,反而越长越好。别看它年纪大,每年产量可不低。"他告诉我,这株1500年的香榧,是我国最古老的香榧树之一,被誉为"香榧皇",现在每年还能产香榧700千克以上。周边的山坳里有600余株香榧树组成的古香榧群,树龄千年以上的达100余株,这儿是中国最古老的香榧群落聚集地之一。其数量之多、树龄之长、长势之好为世所罕见。

据史载,北宋苏轼、南宋叶适等历代文人墨客都曾到此云游,并留下了赞美香榧的诗篇。"彼美玉山果,粲为金盘实。瘴雾脱蛮溪,清樽奉佳客。客行何以赠,一语当加璧。祝君如此果,德膏以自泽。驱攘三彭仇,已我心腹疾。愿君如此木,凛凛傲霜雪……"北宋诗人苏轼《送郑户曹赋席上果得榧子》一诗,说的就是磐安的香榧。

大诗人苏轼早已不在,但他的诗和这株香榧依然和我们在一起。通过它们我们可以更真切地感受到苏轼的"博喻"与"大气磅礴"。这些香榧树历经千年仍硕果累累,苏轼的诗历经千年也依然"鲜活如初",成为文学的"标本"。我抚摸着"香榧皇"的树干,仿佛能感受到苏轼当年的目光。

磐安县玉山镇还有一株近千年的枫香树。早年,有人在山上建了一座胡公殿,众人敬仰胡公为官清廉,百姓敬若神灵,四邻八方都来祭拜。通往胡公殿的山路较陡,有人就在路边栽了两株枫香树,供香客歇息,后来有一株遭雷击后枯死,剩下一株至今生机盎然。每到秋天,整树火红的叶子在阳光的照耀下,闪烁着耀眼的光芒,照亮了周边的山林和田野。

时光飞逝,总有一些美好会留存下来,在这块土地上,在我们的生活里。

三

在江南,如果你行走在山间,突然看见一株数百年的古树,那么这个地方肯定有来历和故事。也许是某个僧人,背着一把山锄,在山寺门前或在山寺院内,将幼小的树苗植下……后世,山寺无存,古树仍在!寺庙屡建屡毁,到如今,了无痕迹,但古树依然提醒着人们这儿曾经是一个寺庙。有时候看古树垂垂老,好像要干枯的样子,但春天一到,它又水灵灵地活回来了,真是坚韧又顽强。

金华太平天国遗址侍王府院内的两株千年古柏总是让我念念不忘。每次去侍王府,我总会在这两株高数丈的古柏前久久站立,耳边仿佛还能听到隆隆的战鼓、呼呼的练兵声,能看到 27 岁的侍王年少得志、英姿飒爽的身影。

两株古柏为"夫妻柏",早已过了"千年大寿"。古柏一侧有一块立于 2003 年 7 月的碑,上面写着:"一级古木,树龄 1109。"如今又整整 16 年过去了,古柏已经 1125 岁高龄。古柏躯干斜而不倒,根部爬满碧绿的青苔,几个树节像巨大的拳头,突出在外,高高的枝干旁逸斜出,直指云天,充满了张力。杂草匍匐于树根,苔藓依附于树皮,粗壮苍劲的树干如同守望的士兵,走过了千年的霜雪,看遍了千年的烟云。

侍王府坐落于金华鼓楼里,是我国现存规模最大、保存最完整的太平天国王府建筑,古柏立于侍王府的耐寒轩前,据文献记载为五代吴越王钱镠亲手种植。

侍王府原址在唐宋时为州衙所在地,元为宣慰司署,元末朱元璋曾驻此,明时为巡按御史行台,清朝为试士院。1861 年 5 月,太平天国重要将领侍王李世贤攻克金华后,召集工匠对此大加修葺,并在原旧址上构屋数重筑成西院。整个建筑分为宫殿、住宅、园林、后勤四部分,毗连宽广的练兵场,总计占地面积达 6 万多平方米。

从五代十国,到唐再到宋元明清,城墙上的旗帜已经不知变换了多少回,而院子里的古柏坚定如磐石。千年古树,它是会说话的,只要我们静下心来仔细地听。

所有的帝王都想江山永固、长生不老,但是没有一个人能做到。而一株树,它从来不说要活多久,却以自己的超然物外活得比谁都久。它的生命是有记忆的,所有的记忆都在那一圈圈细密的年轮里。它把自己的根扎得又深又广,把枝叶无限地向天空延展,去吸收天地间的精华,与山河共生,与云雾一体,顽强得让人叹为观止。

它坚守脚下的每一寸土地,从来不懂退缩。它适应任何一种生存环境,干旱、水灾、大雪、狂风、暴雨、奇寒、酷热,什么都不能使它屈服,它承受着各种各样的苦难,却以和风细雨进行化解。正因为经历了所有时间和事件的考验,它才能长成一棵参天大树。它看到的东西比我们要多,它的节操也比我们很多人要高尚。

西华寺作为金华市中心的一座寺院,类似于上海的龙华寺,杭州的灵隐寺,宁波的天童寺,是金华历史文化的见证。寺前有一株古樟树,直径 5 米,高 40 多米,虽历经风雨沧桑、战乱兵火,至今郁郁葱葱。由于年代久远，树干像鱼鳞一样开裂着，表皮粗糙，凸凹不平，有的还带着倒刺……其枝叶越过西华寺的粉墙黛瓦，一直延伸进去，遮住了半个西华寺的上空。西华寺不大，大殿门前有副对联："翠竹黄花皆佛性，白云流水是禅心。"东门出口，还有一副对联，写着"辉煌梵宇千秋旺，锦绣江山万年长"。

西华寺始建于北宋宣和二年（1120），是一座有着近 900 年历史的尼姑庵。相传，出生于金华雅堂街的南宋丞相王淮（1126—1189），幼时读书经过庵门口，因神灵显异，其母劝其绕道驻谒巷。后王淮考中进士，做了太子的老师，又升任丞相，驻谒巷遂改名为避圣巷。时至今日，无论驻谒巷还是避圣巷，早已销声匿迹。但坊间一直认同西华寺内供奉的菩萨是很灵验的。一直到中华人民共和国成立后，寺内还有一个住持，不知姓甚名谁，大家只称之为"西华寺的尼姑"，她家住在离西华寺不远的酒坊巷。因为当时时势不断变化，各种运动，她时而出家，时而还俗，全由不得自己，也不知道她到底有没有脱俗，只知道最后她是在西华寺终老的。

有时候想，人不如一株树自由。做一株树，站在天地之间，想开哪朵花就开哪朵花，想落哪片叶就落哪片叶，想和小鸟聊聊天就聊聊天。而人在滚滚红尘中，却像被大江夹裹着的一颗微小砂粒，你想站立，但洪峰来的时候，岂有你容身之处？只能跟着巨浪翻转而下，无法掌控自己的命运。一株树起码有自己坚实的根，可以在自由的天空下自由生长，可以不卑不亢地站一辈子。

很多时候，人不如树啊。

四

如果说这些有故事、有内涵的古树承载着历史留存、传承着祖先文化,那么,在江南小村,更多的古树只是默默无闻地站在村口,然而它们是每一个游子心中挂满乡愁的那株树。

一辈子,可以去的地方很多,能回的地方却不多。

远远望见村口古樟树,我就知道——家到了。我是那样熟悉这片土地,我的生命曾像树根一样紧紧扎在这儿。天真与单纯、快乐与悲伤、满足与失落、欢笑与哭泣,这片土地倾注了我所有的感情。冬去春来,无论我何时回家,古樟树下总站着母亲熟悉的身影。我快步走过去,母亲迎上来,我们彼此笑着对视,眼里分明有着泪痕。古樟树灰褐色的树皮有细细的裂痕,就像母亲脸上越来越多的皱纹。

此时,正是初春,樟树在换叶,红的黄的老叶一片片落下来,落在我的发梢上,落在母亲的肩膀上,我们笑着相互把叶子拣掉,抬头望望樟树,那嫩绿的新叶在老叶的呵护下又开始了新一轮的生长。"常绿不拘秋夏冬,问风不逊桂花香。泊名愿落梅兰后,心静好陪日月长。"所有的落叶里,只有樟树的落叶不会让人感觉凄凉萧条,因为它落叶的同时枝头又涌出无数鲜活的新绿。

算起来,从明代开始,这株樟树就已经生根发芽。伸开双臂怀抱古树,能感受到香樟独有的气息。春天的雨说来就来,云从四面八方聚拢来,不一会儿,"噼里啪啦"像炒豆子似的雨点就开始往下落。我站在樟树底下,浓绿如云的树叶挡住了落下来的雨点。

树在雨中静默着,像一位饱经沧桑的老人。雨一滴都洒不到我身上。此刻,它庇护我,一如当年庇护我的父亲。

父亲上面有两个姐姐,两个哥哥,不知为何,两个男孩都没有养活,小小年纪就夭折了。父亲出生的时候,家里非常重视,好不容易又得个男孩,生怕有什么闪失。

父亲的爷爷——我的太公是前清秀才,为人热心,好学乐施,经常捐桥修路,后来办了家私塾,方圆几里的人家都把孩子送来求学。

那个年代,教书是一种辛苦但颇受人尊敬的职业,太公一心扑在教学上,是出了名的踏实严谨。太公只有我爷爷一个独子,一代单传。孟子言"不孝有三,无后为大",作为旧时的人,传宗接代的观念是相当重的,前面两个孙子已经夭折,对于好不容易得来的第三个孙子,太公看护得特别仔细。

有一回,父亲突然发起高烧,晚上抽搐得厉害,太公和爷爷吓坏了。此时,村里一个老人和太公说,赶紧给孩子认个樟树娘吧,这样好养活。

在乡下,樟树是吉祥如意、长寿的象征,可以辟邪驱魔。虽然听起来不科学,但太公觉得既有此风俗就走个仪程吧,以求安心。在父亲病好后太公选了一个吉日,让奶奶抱着父亲去认樟树娘。他在父亲的衣服里藏了一张红字条,红字条上写着父亲的生辰八字,然后带上准备好的稻谷、黄豆、玉米等五谷,以及蜡烛、香等祭祀用品,来到村口古樟树下认娘。烧香祭祀祷告一番后,太公给父亲取了一个小名叫"樟树囡"。虽然是男孩,却取了女孩名。据说这样妖魔鬼怪就不会来记挂,孩子就能健康成长。

说来也奇怪,自从取了"樟树囡"这个名字后,父亲就变得活蹦乱跳,很少生病。每年端午和正月初一,奶奶都要带上父亲给樟树娘谢礼还愿。父亲满10周岁时,还带上酒菜饭等贡品,杀了一只大公鸡祭告樟树娘。

父亲平平安安长大了,村口的这株古樟树越发巍峨挺拔。父亲从小听惯了别人叫他"樟树囡",所以对古樟树感觉特别亲。20世纪60年代,有人提出把樟树砍了,拿去大炼钢铁,村中的老人和父亲坚决反对,古樟树才得以留存下来。

从小,我也喜欢古樟树,母亲经常带我在樟树下玩耍。由于年代久远,樟树躯干早已空心,黝黑的树洞就成了孩子们的乐园。我们经常在洞里头捉迷藏，一会儿从树梢开口处进去，下到树根洞口出来，一会儿又从树根洞口钻进去，爬到树梢开口处出来，钻进钻出，全然不在意会弄脏衣服。此时樟树更像一个母亲，把一群调皮蛋紧紧抱在怀里。

更有趣的是，村里谁家娶媳妇，当新娘子花轿进村时，都要在村口樟树下歇一歇，在这里分发染上红绿颜色的喜蛋、花生和糖果。

有一年夏天，古樟树突然被雷劈掉了半边，我们都以为它活不了了，可没想到，过了不长时间，樟树又开始发芽，长出新枝，充满了生命的不屈。还有一年大雪，积雪重重地压在树枝上，只听见"咔啦""咔啦"的声音，不少枝干硬生生被雪压断了。冰雪融化后，剩余的枝干依然不畏严寒，迎风斗雪直指云霄。

几乎每个村都有自己的老树，祖先在时，它们在；祖先走了，它们依然在。总觉得这样的一株树是我们与祖先沟通的最好媒介。此刻，我靠在古樟的树干上，也许100年前，200年前，300年前，我的祖父，曾祖父，曾曾曾祖父，也曾经靠在古樟树上，像我一样傻乎乎发呆。风吹过，仿佛有一股电流，我的气息，古树的气息，通过枝叶轻微的战栗，与祖先的那个世界相通，我仿佛看见祖先们在树下劳作的身影。一辈子，就像电影的一个镜头，一晃就过去了。多年以后，我们的子孙是不是也可以通过这株古树来感知我们现下的存在？这株古树是我和祖先那个世界所共有的唯一活着的生命，也是我们与未来相通的唯一活着的联系。

清朝张澍曾著《姓氏寻源·序》言："参天之木，必有其根；环山之水，必有其源；人之有祖，亦犹是焉。"树大分枝，村里的后辈们一个个仗着梦想行走天涯，但总有一天，他会回到这株古樟树下。远行归来，无论是成功还是失败，是富贵还是潦倒，古樟树都会像一个阔别已久、深深思念的亲人一般无条件地接纳他。因为这儿是他的根，是他的来处和归途。几百年来,古树会一直守护着村庄,守护着村中的子子孙孙。

年少时,我嫌乡村陋小,嫌古樟树上挂着的一串串豆荚土气,一心想往远处飞,给了自己一万个不得不出走的理由。然而每当在外面身心俱疲、困惑迷惘时,第一个想到的依然是古樟树下的家。因为只有在家人面前,我们才可以毫无保留地放松自己,理直气壮地选择自私,我们心里非常清楚,谁是最爱我们的人,谁是永远不会遗弃我们的人。

孔子曰:"思其人,爱其树,尊其人,敬其位,道也。"我相信树是有生命,有灵性,更是有灵魂的。母亲说,若她去世了,骨灰就树葬好了。放在一株大树的底下,我们看到树,犹如看到她。人生苦短,其他的东西未必能比树活得长久。这些行走在岁月里的古树,兴许倒可以在一代又一代人的心里留下一些永不磨灭的东西。

五

传说古时有一种树木叫"建木",可以做上天下地的天梯,供上古神人自由往来于天地之间。《山海经·海内经》:"建木,百仞无枝,有九欘,下有九枸,其实如麻,其叶如芒,大暤爰过,黄帝所为。"《淮南子·墜形训》:"建木在都广,众帝所自上下。"传说中还有一种不死树,吃了这种树的枝叶果实就可以长生不老。《山海经·大荒南经》:"有不死之国,阿姓,甘木是食。"晋代郭璞注:"甘木即不死树,食之不老。"也许在远古时代,人们就已经知道树是有神力的,远古先民非常崇拜圣树,"建木"和"甘木"都是这样的一种特指,它把人类自由升天入地和长生不老的美好愿望寄托在树身上。

这一株株几百上千年的古树,能在纷繁战乱和自然侵蚀中活到现在,本身就是一个奇迹。这些古树不以人事变迁、不以历史繁衍、不以时代更迭而改变,它永远以冷静、客观、超然的态度来面对所有的一切。

阳光洒在这些古树的叶片上,漏下来的光影像细碎的花瓣。这阳光和远古时的一样,这微风也和远古时的一样,它们没有变化,而我们人类早已面目全非。时光亘古不变,改变的只是人类和历史。在这些古树眼里,人类的打打杀杀、大小恩怨是不是都会变得很可笑?看多少朝代灰飞烟灭,多少世事激荡沉浮,眼前这株穿越了时空,感知了历史,而且至今还活着的古树,向我们展示着某种神秘的力量。

我们的内心缺少光泽,总不如一株树明亮干净;我们的呼吸有着迟疑,总不如一株树简单坚定;我们的眼睛游离不定,总不如一株树清澈纯粹;我们抵不住权力的诱惑,总不如一株树初心不改;我们的思想无法逍遥,总不如一株树青葱自在……古树的修行也应该是人的修行吧,学会吸收与扬弃,沉淀与转化,从而让自己的灵魂可以蓄积,可以等待,可以历千年百世而不坏——生命收放自如,"复见天地之心"。

每一株古树都有它的豁达和智慧,千年亦不变。从某种意义上来说,人是比不过树的。一代一代的人都走了,这些树还活着,等我们都走了,树依然在。以后的世界,我们不知道,它们知道。它们几百上千年如一日,默默地注视着人间的兴衰更迭、荣辱存亡。站在古树前,内心不由得充满了敬畏。

这些日子,不断遇见古树。400 年的糙叶树、500 年的菩提树、800 年的榕树、900 年的柏树、1200 年的红豆杉、1500 年的香榧树……时光恒久,肉体单薄,生命渺小。我们的人生何尝活得过一株树的一半,唯有留存生命里更多的感动来丰盈我们的人生,留存更多的记忆来感悟我们的岁月。生命中的每一个瞬间都弥足珍贵,感谢这些古老的树途经我的身旁,不动声色地提醒我。

那日,在泉州开元寺看到一株存活了 1300 多年的古桑树。在古桑树旁,有一块石碑,记录着这株古桑树的历史。这株古桑,在民间有一段可以开出莲花的传说。据说开元寺的前身,是大财主黄守恭的一个大桑园。传说有一天,一个和尚要在这块桑地建佛寺,财主不便拒绝,故意出个难题:须待桑树 3 天内开出白莲花,方肯施舍。过了 3 天,园内桑树果然开了白莲花,财主无奈只得献地建寺。这就是今天的开元寺,原名"莲花寺"。1925 年一次雷雨中,千年古桑被雷电劈中,一分为三,折断的枝干并没枯死,而是落地生根,如同三瓣莲花盛开,如今古桑已是开元寺的镇寺之宝。

开元寺是弘一法师曾经的住锡。整个寺内古树遍地,几百年的榕树、龙眼树、菩提树随处可见。想当初,弘一法师选择开元寺作为他人生最终的停留地,是不是也与这些古树有关呢?现在已经不得而知了。张爱玲说:"不要认为我是个高傲的人,我从来不是的,至少,在弘一法师寺院围墙的外面,我是如此的谦卑。"无数的人在弘一法师寺院围墙的外面都是这种心态吧。"华枝春满,天晴月圆",大师这句最后的偈语留给后人无限的想象,用来形容寺内的古树也很贴切。人生,正如弘一法师最后的遗笔——永远的"悲欣交集"。

一代高僧走了,曾经朝夕陪伴他的古树还在。天地间的气,从来没有断过。就像这些古树,不慌不忙,日复一日地活下来。"茫茫堪舆,俯仰无垠。人于其间,渺然有身",人如果能像树一样置身天地间,坦然接受,勇敢面对,既看透世间真相,又不执着于得失,时时观照,修心内省,"寂然不动,感而遂通",自然就会多一份清醒和理智、从容与淡定。

断舍离,是人间常态。所有的温情都会越走越远,所有的日子都会越过越单薄……古树在这里,我们终究又会去哪里?又该向何处去寻?眼底只有湿润,没有答案。

如果再遇到古树,我就抱一抱它吧。我会觉得我抱的不是一棵树,而是过往的人生和岁月,是未来的期许和美好……

织　机

[尼日利亚]韦勒·奥基特兰　著

陈锦章　译

　　路途遥远,座位硬邦邦的不舒适,克利多斯·巴都尔感到疲劳而烦躁。今年30岁的巴都尔是一名纺织技师,他一直在尼日利亚首都拉各斯市的一家工厂工作。这时,心神不定的他,从衬衣口袋里掏出一封电报。这封"父病速归"的电报他已阅读过无数次了。他叹息着,同时环顾着他乘坐的这辆破旧的长途公共汽车。令他意想不到的是,尽管道路高低不平,汽车不停地颠簸,但车上的旅客都沉沉酣睡。

　　黄昏时分,汽车终于缓缓地爬进了埃莱金。这是个不大的村子。几栋灰泥建筑,一家邮政代理处,一所小学,以及街道两旁散落着的星星点点的土屋。不过,这里有大量的织布机,它们犹如青春期的少男少女脸上的粉刺,斑斑点点地点缀在乡间风景画上。这是因为,纺织工艺是这里主要的经济事业,而传统的农业是基本生计方式。

　　从汽车上下来,克利多斯已是疲惫不堪。村里的一切还是旧样子,没有什么变化。几头猪在村头游逛,在路边排水沟寻找食物。羊屎狗粪遍地皆是。村里没有通电,也没有自来水,埃莱金仍是这个国家比较贫穷落后的村落。愚昧、残忍、让人伤心的事时有发生。克利多斯看在眼里,暗暗发誓,要为改变这极度贫困的村庄做点事情。

天已黑了,克利多斯家的泥土平房里还没有上灯。他发现,他家的茅草屋顶刚刚翻新过。墙上圆饼似的牛粪已干燥,那是预备做晚饭的燃料。当他走近时,他闻到一股香味,那是他奶奶烟枪的味道。他在回家的路上没有见到人。家门口有一道用柳条编织的篱笆门,那是用来阻拦外面的羊和狗的。他打开篱笆门,看见他80岁的奶奶孤零零地坐在门厅上。借着她脚边煤油灯暗淡的灯光,他吃惊地发现,奶奶显得那么衰老。

"回来啦,孩子。"奶奶说着,艰难地立起患有关节炎的腿,把克利多斯抱在怀里。

"您好吗,奶奶?"克利多斯问道。

"我很好,孩子。"奶奶把他紧贴在胸口说道。克利多斯15岁时失去了母亲,是奶奶把他和他的两个弟弟带大,奶奶如同妈妈一样照料他们。"路上还好吗,孩子?"

"还好,奶奶。"克利多斯答道。他不想告诉奶奶3个多小时的颠簸劳累,以免让她烦心。

"你老婆孩子还好吗?"

"很好,奶奶。其他人到哪里去啦?"克利多斯问道。

"马提亚和彼特还在车间里,他们的妻子带着孩子们赶夜市去了。埃莉克,你爸爸的小老婆,在医院里陪你爸爸。"

"爸爸身体怎么样?"克利多斯问道,顺手把他的小包放在门厅的角落里。

"5天前,他们让他住到医院后,我还没见过他。他们为什么要送他去那里,我真的不懂。塔夫,那个土郎中,他说能治你爸爸的病,但是,这个埃莉克,坚持要送他去医院。"见克利多斯深深地叹了口气,奶奶转过话题说道,"你也累了。你去洗洗,我去给你做饭。明天早上，你可以去看看你爸爸。"

尽管已经快 8 点钟了，也很疲劳，但克利多斯还是很想当晚就去看望爸爸。他婉拒了奶奶的建议。他爸爸住在一家基督教堂医院。这家医院坐落在城郊，离他们这个村子不远，但在这个时候去医院还是困难的。他奶奶建议他去找布西鲁———一个自行车修理铺的老板。"你现在快去，他可能还在店里，他会把自行车借给你的。"

克利多斯很快又回到尘土飞扬的公路上。非洲的夜空，星星格外明亮，孩子们在夜色中借着星光追逐嬉玩，女人们头上顶着货物，前往广场夜市赶集。

布西鲁马上认出了克利多斯，挑了一辆最好的自行车免费借给他用。"你明天早上再拿回来吧。你这么久没回家，这次回来跟你爸爸多谈会儿。"他说。

克利多斯骑着车，骑行在弯弯曲曲的乡村小路上，夜晚清凉的风轻拂着他的脸。穿过夜市，他看到五彩缤纷的煤油灯，如同夜空中的星星，把漆黑的夜晚照得通明，这使他很兴奋。这里很安宁，他想。充满噪音和污染的拉各斯市似乎是另一个世界。20 分钟后，他来到了医院，来到了他爸爸的身边。

"这就是我爸爸吗？"他见病床上躺着一个面色蜡黄、极为消瘦的老人。克利多斯问埃莉克，他爸爸的小老婆。

"是的，是你爸爸，"埃莉克答道。原来那个强健、灵敏的爸爸不见了，他现在看到的是一个有些陌生的已经凋谢了的人形。"高烧持续不退，根据护士的建议，我正在用毛巾给他冷敷。"埃莉克注意到了他的眼神，说道。

"爸爸、爸爸，是我，我回来了。"克利多斯叫道。但他的爸爸两眼依然盯着天花板，嘴里喃喃自语，不知所云。

"我想他认不出你了。"埃莉克说。

"像这样子，有多久了？"克利多斯问。

"到医院他就这样子。医生说是伤寒，他的情况不怎么好。"

"这种病怎么……"克利多斯正说着，他爸爸突如其来的尖叫声打断了他。

"蛇、蝗虫……它们又来了。"约西亚·巴都尔突然大声喊叫，同时双手遮在脸上，好像害怕看到什么。在克利多斯惊恐地向后退时，埃莉克赶紧弯下身去，把毛巾在水桶里浸湿，轻轻敷在约西亚身上。

"别害怕，叔叔，这是高烧烧的。体温过高了，他就开始胡说。"

克利多斯看着他爸爸持续不停地谵妄，他感到很无助，心里充满悲伤。

克利多斯在他爸爸身边一直待到午夜才回家。奶奶告诉他，他的两个兄弟马提亚和彼特已经睡觉了。然后，奶奶安排他到他爸爸的房间里休息。他实在太疲乏了，躺到床上不一会儿就睡着了。

次日早晨，屋顶上公鸡沙哑的啼叫声把他吵醒，告诉他新的一天又开始了。当太阳悄悄地爬上地平线，露出非洲典型的淡蓝色的霞光时，克利多斯匆忙穿衣起床。在外面的走廊上，他遇见他的两个弟弟，他们的妻子、孩子都来向他问好。马提亚，他的大弟弟，今年37岁。他赶紧过来告知克利多斯，他爸爸在医院的情况。"我们的妻子马上就去医院替换埃莉克服侍爸爸。"25岁的小弟弟彼特补充道。

当克利多斯中午来到医院的时候，他发现埃莉克和他弟媳妇在外面的游廊上哭泣，这使他吃了一惊。"怎么啦，爸爸呢？"克利多斯问道。

"刚才，他突然吐血，医生、护士正在抢救。"埃莉克哭着答道，说话声虚弱无力，低沉沙哑。克利多斯的心往下一沉，膝盖都发软了。他用出全身之力，鼓起勇气，跑进男病人急救室，去看他的爸爸。

克利多斯冲进病房时，医生和护士正用一块毯子往他爸爸一动不动的身体上盖。不用问,他已经知道他爸爸的劫数了。他快步走到他爸爸身边,征得护士允许,揭开毯子,看了他爸爸一眼,久久压抑着的悲痛再也难以控制,他哭了出来。整个世界都在他面前摇晃着,他踉跄地走了出去,差点昏倒在外面的长椅上。他哭得像个孩子似的,他是那么悲痛,抽噎着,连着整个身体都在颤抖。

约西亚·巴都尔的葬礼定在下一个星期的星期六,放在圣·巴恩欧罗姆教堂,这是埃莱金唯一的教堂。克利多斯忧心如焚,急匆匆赶回拉各斯,接老婆和孩子。他还让老婆给他取些钱,因为非洲的葬礼开销通常都是比较大的。

从克利多斯爸爸去世的那天开始,亲戚朋友们都集中来到巴都尔家。名义上,他们是来吊唁慰问的。同时,他们带着孩子们住在这里,一直住到葬礼那天,得招待他们 5 天,管他们吃,管他们住,甚至还要款待他们的亲戚朋友,这都是死者家庭的费用开支。尽管全家人都处于悲痛之中,但是,大多数村民都认为,约西亚身后有那么多子孙,没有理由不兴高采烈,把葬礼办得喜庆一点。他们根本没有考虑到,他还有一个老妈妈活着。

约西亚的去世,受打击最大的是奶奶。最初,听到这消息时,她根本不相信。一直到亲戚朋友们来吊唁,她才在亲戚朋友面前,把他儿子的死归咎到埃莉克身上。"要是她肯听我的话,让土郎中塔夫来看,我儿子今天还会活着。"她说。

克利多斯的老婆、孩子赶在葬礼的前 2 天到达了。举行葬礼那天,天气晴朗,阳光明媚。在克利多斯看来,这与葬礼的气氛是极不相称的。在教堂举行过短暂仪式后,约西亚·巴都尔的遗体被送到教堂后面的墓地,在坟墓旁边进行祈祷仪式。

然后,在妇女们的哭泣声中,棺材被缓缓放入墓穴。墓地形似巨大马尾的木麻黄树,在下午湿热的微风中,也发出呜咽之声。坟墓被渐渐地填满了土,一个年长的妇人背诵着约西亚的家谱,背诵之声催人泪下,让墓旁的人号啕大哭。

此后一段时间,都是喜庆活动。按照非洲的传统习惯,老人去世以后,家有儿孙的,必须得为其庆贺。所以,亲戚朋友们继续聚集到巴都尔家大吃大喝。大盘大盘吃阿好饼(一种用番薯粉蒸烘的糕饼),喝秋葵汤。就着棕榈果酒,大盘大盘吃牛肉。人们吃着唱着,艺人们敲着鼓,还有一些非洲特有的打击乐器为他们助兴。这欢乐的场景似乎和女人们所期待的一样。女人们成群结队而来,又唱又跳地加入其中。她们载歌载舞,激情洋溢,丰满的屁股伴随着轻盈的舞步,使劲扭动。然而,在这有声有色、饶有兴趣的壮观场景之外,她们所唱的歌却令人惋惜。惋惜她们唱出了"为约西亚来世娶一百个老婆生一千个孩子"的祈祷。惋惜一个母亲健在的男人匆匆离去。

随着时间的缓慢过去,这些翩翩起舞的女人们的面部表情也渐渐地甜美柔和起来。慢慢地,大家都融入欢快的气氛之中,隆隆的锣鼓声和打击乐也和着音乐的节拍更加轻巧动听,许多亲朋好友及其他人也忍不住扭动身体,或加入其中跳起舞来。

按照传统,在葬礼之后,要举行一次家庭会议,来分割死者的遗产。会议放在卡萨利·巴都尔家里举行,他是约西亚唯一健在的兄弟。和他弟弟约西亚不同,卡萨利没有皈依基督。70年前,西方传教士就开始来这里传教了。他依然是个穆斯林,伊斯兰教信徒。由于下午太阳大,天气炎热,会议放在卡萨利的泥土平房后面的杧果树下举行。参加会议的有克利多斯、马提亚、彼特。埃莉克,约西亚的后妻,按照吩咐在家里等着。

会议一开始,卡萨利便告诉他们兄弟们说,按照当地习俗,家里的男性长者,是他们爸爸财产的当然分割人。他压低声音说:"你们都清楚,约西亚留下30台织布机、1座可可种植园、一部分布匹、2幢平房……"当他罗列这些遗产的时候,克利多斯和他的兄弟们都全神贯注地打着自己的主意。

　　克利多斯关注的是织布机。爸爸一直打算把织布这一块留传给他。克利多斯知道,他伯伯卡萨利也清楚这个事情,所以,他对于继承这份遗产是有把握的。凭着他和拉各斯市织造业的人际关系,他自信能让这里的纺织业发展起来,并成为一项有益的商业投资项目。以前他的兄弟们在经营上管理不善,他接管后,除了可以改善经营管理,还可以把这个产业发展推广,使之成为这个村第一项切实可行的工业产业。

　　在树荫的另一边,马提亚和彼特的想法却与克利多斯完全不同。他们同样知道,他们的爸爸想把织布机流传给克利多斯的意图,现在,他们准备反对这个主意。他们非常妒忌克利多斯。在他们家,他一直被认为是最聪颖出众的孩子,他出去上学接受良好的教育。而他们却都回家待在村里干活,这些产业都是他们跟着爸爸艰苦劳动创下的,现在由克利多斯来接手,他们不乐意,想要反对,但又觉得可能会得罪了克利多斯。

　　在这个屋里,住着卡萨利以及他的四个老婆和众多孩子。埃莉克忧心忡忡。她今年才27岁,对以后的生活充满忧虑。按照当地的风俗,她可以在她丈夫家属的男人中选一个,续嫁过去。她在仔细权衡摆在她面前的几种选择。

　　毫无疑问,卡萨利不在考虑之中。想到和这么个老头度过余生,让她不寒而栗,尤其她知道,他平常对妻子们十分残暴。此外,埃莉克知道,卡萨利由于以前患过一种什么病,近五年来,他已失去生育能力,尽管他总是吹嘘自己充满阳刚活力。

　　埃莉克仔细掂量着马提亚和彼特。这兄弟俩因为喝酒以及和他伯伯为女人争风吃醋已经臭名昭著,显然对她来说也不合适。克利多斯给她的感觉比较好,守规矩,又有体面的工作。她默默祈祷克利多斯会主动要她。正在她祈祷的时候,有人来叫她过去开会。

她跑过去,在杧果树下找了个位置,准备坐下来,一阵风吹来,掀动她的礼服,展露出她青春美丽的身材。她坐下来后,卡萨利转身对着她。

"我把你叫来,是因为你 6 岁的儿子,他的权益由你代表。你也知道,你自己也是需要分割财产的一部分,如果不是因为你儿子的缘故,你是不应该来这里的。"

突然间,埃莉克的心一下子掉到冰窖里。此刻,她比任何时候都更加为自己的未来担忧了。

卡萨利故意盯着他们看了一会,继续说道:"由于克利多斯住在拉各斯市,织布机由我接管,马提亚、彼特继续在这里工作,我会付给你们工资的。"小弟弟彼特按捺不住,一下子站了起来,马提亚把他按住。卡萨利瞪了瞪彼特,继续说道:"不管怎么说,我们还是希望克利多斯有空闲的时候,能从拉各斯回来,为我们的经营和管理提提建议。"他说道。

克利多斯愣住了。他惊愕得气都喘不上来。

"至于埃莉克,"卡萨利继续说道,"按传统习惯,由家族中年纪最长的男性领娶。"他顿了顿,用手拍打鼻子上的一只苍蝇。这时,这里静得出奇,以至于杧果树叶在头顶上沙沙作响的声音,好像飞过来一架飞机似的显得特别刺耳。埃莉克直挺挺坐在那里,一动不动,脸色死一样苍白,嘴唇颤抖着,似乎在默默祈祷。卡萨利咂着嘴,继续道:"埃莉克和孩子最迟不要超过明天晚上,搬到我这边来住。"

埃莉克紧握双拳,紧扣头部,深深叹息。卡萨利冷冷地、严厉地瞥了她一眼。

"你们大家都是知道的,"这个老人继续说道,"我年纪大,干农活

170

不如以前。所以，为了保证抚养埃莉克，以及她儿子的开销，我得接受我过世的弟弟的可可种植园。"

在这个关头，克利多斯已经清楚地知道，他的伯伯，已经占有他爸爸的几乎所有遗产，他愤怒地站了起来。

"克利多斯，坐下！我还没说完。"卡萨利高声说道。

"已经没有什么需要说完的事，伯伯。"克利多斯幽默地立即反驳道，仍按习惯礼貌地称呼他。

彼特也站了起来："是的，伯伯，你已经把所有的都占为己有了……"

"你还口口声声地说，为我们的利益着想。"马提亚说道，同时，他也站立起来。

3 个年轻人眼睛喷射烈火，心脏怦怦作响，一起怒视着伯伯。为了缓和气氛，卡萨利马上向他们解释说，他们还拥有他爸爸留下的两幢平房和一些布匹。

彼特说："伯伯，这些已经不值一提了。你把看中的都拿走了——可可种植园、织布机，至于……"

"但你们仍然可以在那里工作。"卡萨利打断他的话说。

"在那里工作？给你打工？"

"这还不够吗？"卡萨利质问彼特，"你想我会傻到让你和马提亚，两个臭名昭著的人来替我管理经营吗？"

卡萨利站在那里，愤怒得喘不过气来。正当他在考虑如何对付这 3 兄弟时，埃莉克刺耳的声音，打破了这沉闷的寂静。"伯伯，我不能嫁给你！"她忍住泪水，断然地说。

"你……你……你怎么敢这样说，你这个贱人。你难道不知道，我娶你是为了帮你吗？你以为你丈夫死后，还有人敢碰你……"卡萨利大发脾气，大喊大叫起来。

"伯伯，我不要和你生活在一起，我还要生孩子。"埃莉克脱口而出。

这句话使卡萨利极为震惊，他一下子愣住了，不知如何回答是好。这时，马提亚不顾传统和习惯，大声对着他伯伯吼道："我不管你怎么对待我爸爸的妻子，但，有一点是肯定的，你不能这样处置我爸爸的遗产。"

克利多斯也和他的弟弟一起和老家伙争吵起来。不一会儿，随着一阵骚动，几个兄弟都走了出去，埃莉克也带着孩子跟了出去。

克利多斯怒火中烧，他径直找到奶奶那里。他知道，奶奶是唯一能说得上话的人。当克利多斯向奶奶叙说会议的结果时，马提亚和彼特也都走了过来。克利多斯说完后，奶奶说道："你们兄弟几个都想要织布机，让我怎么帮你们？"

"奶奶，让我说说吧。"马提亚说。

"哦？"

"彼特和我都觉得，与其让伯伯接管织布机，我们宁愿让克利多斯接管。"

但是，奶奶坚持说，克利多斯接管织布机之前，必须回拉各斯辞掉工作。她不愿意看到，在他离开期间，织布机没人管理。克利多斯考虑到在拉各斯工作，确实没有办法管理这边的事情，他只好答应奶奶辞去那边的工作。在兄弟们离开她房间时，奶奶让他们把卡萨利叫过来。

在他们兄弟 3 人离去之后，埃莉克满脸泪水，小心翼翼地走进奶奶的房间。"嗯，你又要干什么？"奶奶的声音很严厉。对于埃莉克把她的小儿子送到医院去，奶奶还没有原谅她。奶奶仍然认为不送医院，她的儿子不会死。

埃莉克恭敬有礼地跪了下来，双手作揖，哀求道："妈妈，我来求您帮帮我，请不要让我到伯伯家去，我还年轻，我不想带着一个孩子就这样……"

"你给我闭上嘴,谁说你可以不去? 卡萨利纳你为妾,是风俗习惯。"

"我知道,妈妈,但伯伯太老了。我知道只有您能帮我……请让克利多斯叔叔收我好了。"

老奶奶突然大笑起来,她脱落了牙齿的嘴巴卷曲起来,露出没有牙齿的牙床,笑起来显得滑稽而淘气:"你是从哪里知道克利多斯会要你的? 再说,你认为他妻子会允许你去他家吗?"

"如果我去和他说说,我想他会同意的。"埃莉克说。

奶奶又被逗乐了。她挥挥手,示意她的儿媳妇离开。她说:"走开。你不要再胡思乱想了。你在家守孝 40 天,守孝结束后,你就老老实实搬到卡萨利家去吧。"

当克利多斯把织布机的事告诉他的妻子阿迈时,困难和问题就来了。阿迈,她是在城里生城里长的,一位有着 2 个孩子的妈妈,她对这些传统文化不以为然。她不喜欢埃莱金这个小镇,甚至有些厌恶。当克利多斯试图说服她,要举家搬到埃莱金时,阿迈坚持家应安在拉各斯。直到次日上午,双方仍未能达成一致。克利多斯感到疲累和烦躁。最后,他只好同意阿迈先带孩子回拉各斯,他自己留下来把事情先安排好。他觉得妻子早晚会改变主意,和他一起回到村里来的。

按习惯,克利多斯在家待完 2 个星期后,回到拉各斯,去纺织布厂辞掉工作。他从经济补偿金中拿出部分资金,登了 1 个月广告,建立一些联络渠道,为他的织布厂现代化计划做准备。他期待着妻子有朝一日,能改变想法,和他一起扎根埃莱金。他给家里留了一些生活费,并允诺 2 个星期回家一次看望老婆和孩子。

回到埃莱金,克利多斯去接管纺织中心——一栋土墙环绕的茅草屋顶圆形建筑物,里面被分割成许多小房间。大约有 30 间放置着织布机,这些织布机由竹条和金属网做成。圆形建筑中央堆放着大捆大捆的染色棉线,多彩的线条从这里喂进一台台织布机,织成大包大包漂亮的布匹,然后运往世界各地,为人们的生活增添色彩。

克利多斯发现纺织工人们士气低落,干劲不足,导致中心的很多工作都落后于计划安排。在安抚过心有怨气的工人们之后,克利多斯还得想法堵住资金漏洞,不让他的弟弟随意开销。由于没有其他地方好去,马提亚和彼特尽管心里不是很舒畅,他们仍留在纺织中心工作,由克利多斯开给工资。

由于克利多斯对厂里进行了重新整合,加上他和拉各斯的关系,订单开始大量涌来,尤其是手工织造布的订单。他们加班加点地生产,但工人们还是难以完成这突如其来的订单。在这种情况下,克利多斯到银行贷了款,把传统的手工操作的织布机,更换为自动化的织布机,以增加产量,改善质量。然而,这就使得一些只会操作手工机器的老工人要被淘汰,或另作安排。这种变化工人们不适应,克利多斯便失去了他们的支持。还有,他的两个弟弟,一直想从他那里争取对织布机的控制权。不久,突然发生在巴都尔家中的一桩丑闻,让他们找到了机会。

因为按照传统的要求,埃莉克要守孝40天,这段时间仍住在她过世的丈夫家中。她对自己的未来忧心如焚。过几个星期,守孝期就要结束,她不顾一切地想逃脱卡萨利的魔掌。她现在和克利多斯同住一个屋檐之下。她思忖着,克利多斯的妻子现在远在拉各斯,倘若借这个时机能够怀上克利多斯的孩子,她就有足够的理由,要求他娶她了。因此,她便主动帮助克利多斯做饭、洗衣服,想方设法接近他。久而久之,她在某种程度上,逐渐替代了他妻子的角色。

克利多斯整天在织布车间工作,加上妻儿不在身边生活孤单,每晚回到家他也需要有个倾诉心中烦闷和忧愁的人。他发现埃莉克是个愿意听他倾诉、可以信赖的知己——同时,除了奶奶之外,整幢房子只住着他们两人。开始的一段时间两人相安无事,慢慢地,克利多斯在不知不觉间被埃莉克的殷勤所融化,心生怜悯,突然忘情,终于屈服,晚上你来我往越来越频繁。

到了月底,埃莉克过了月例,不见来喜,她告诉克利多斯,她担心自己怀孕了。克利多斯马上建议她人工流产。"不,克利多斯叔叔,我不要流产,我不想死。"埃莉克答道。

"谁说流产就会死了?医院的产科医生说,人工流产很简单,很安全,我可以向你保证。"

"不,叔叔,我想要孩子。"埃莉克终于道出自己的真实想法,两眼盯着克利多斯。

"你说什么?难道你不知道这是个忌讳……"

"我顾不得这么多了,我就要孩子。"埃莉克答道。见无法说服她,克利多斯又气又火,怒冲冲地走了出去。

这次,奶奶凭直觉觉得他俩有事情,她把他们叫进自己的房间。当她说出自己的疑虑时,克利多斯承认了埃莉克怀孕的事,希望奶奶能帮帮他们。奶奶很恼火,她朝着埃莉克说道:"我真搞不懂,你们总是要制造危机,就像飞蛾扑火一样。我敢肯定,一定是你引诱克利多斯,存心怀孕的。"

"我不是引诱他,妈妈。这是爱情。"埃莉克随即回答道。

"这是什么傻瓜爱情?难道你不知道这会使我们家蒙受羞耻?一个儿子在他爸爸刚刚死后 1 个月,就让他老婆怀孕!难道他们不会怀疑是你和克利多斯合谋杀害了约西亚,达到你们在一起的目的?"奶奶继续说,她刺耳的声音越来越响。

随后是一阵死一样的寂静,唯一能听到的是埃莉克的哽咽声。最后,克利多斯打破了这难熬的沉默。

"我们很抱歉,奶奶。我会安排好让她去人工流产,以免……"

"只要我还活着，就不允许你们这样做!"奶奶的回答斩钉截铁，"我不会允许我们家族有任何谋杀。"

"但是，奶奶，这……"

"你把埃莉克带到拉各斯去，她不能再在这村里住下去。"

"什么？带她去拉各斯？我老婆那里怎么去说，我的织布厂怎么办?"克利多斯叫道。

"你老婆那里怎么说？对她说，你要娶第二个老婆，就这么说。"奶奶回答说。

克利多斯情绪激动地摇着头："不，奶奶，你对城里的事情不了解。我妻子以及她的家人是不会同意我再娶一个老婆的，他们会找我麻烦的。"

"好了，好了，克利多斯，"奶奶说道，"你得说服你老婆，让她接受埃莉克，因为我们这里的风俗必须尊重。从今以后，你们不能再待在这里了。"

自那天克利多斯和埃莉克在奶奶房里争论以后，马提亚和彼特也知道了埃莉克怀孕的事。当天晚上，他们两兄弟来到了克利多斯的房间。之前，他们眼睁睁地看着克利多斯接管了他们梦寐以求的织布机，却毫无办法，今天，发生了这起丑闻，真是天赐良机，他们打心底感到高兴。不容克利多斯解释，马提亚说道："你出了这个丑闻，伤风败俗，现在唯一的办法就是不声不响地离开这里，把织布机交给我们。如果你拒绝这样做，我们就到拉各斯，把你的事情都告诉你妻子。如果你还是拒绝合作，我们就告知村里的长老，让大家谴责你的丑行，把你驱逐出我们村子。"

他静静地听着，他弟弟的话如同一把把匕首，残忍地刺入他的胸膛。他极度痛苦，被这个问题压得喘不过气来。他发现自己被逼进死角，既不能再留在村里，也不能带着埃莉克回拉各斯。他不停地思索着，努力想找出摆脱困境的办法。直到深夜，他终于有了一个主意。他来到奶奶的房间。在他打开房门时，奶奶已经醒来了。"是克利多斯吗？"奶奶问道。

"是的，奶奶。"克得多斯回答道。奶奶点亮了煤油灯。灯光中，克利多斯发现埃莉克也睡在奶奶房里，并且已经坐了起来。

"我来和你还有埃莉克说点事情，奶奶，"他面向奶奶说道，"我要你帮我，对外面说，这孩子是我爸爸的。因为我爸去世不久，我们可以一口咬定，这是爸爸的遗腹子。"

"哦，不！"埃莉克痛苦地呻吟。

克利多斯又转向她说道："埃莉克，这也是为你好。我们这里的风俗可以让你在这里生养孩子，给孩子喂奶，直到断奶，你可以不去伯伯家里。"

"我不要去伯伯家里。"埃莉克哭道。

"谁说要让你去？因为你有身孕，你可以在这里待 2 年，直到孩子断奶。在这段时间里，事情总会有办法解决，这样总比被赶出村子，又回不了拉各斯好。"

沉默了一会儿，奶奶开口说道："克利多斯，我不喜欢撒谎；但是，我知道你现在的困境，我只好同意你的想法。"

"谢谢您，奶奶……"克利多斯正欲往下说什么，奶奶的话打断了他。

"但要答应你，得有一个条件。"

"好的，您说，奶奶。"

"在埃莉克分娩之前，你得照顾她。假如最后她还得要去你伯伯家的话，你要抚养孩子。"

"好，奶奶，我同意。"克利多斯答应道。同时，埃莉克在一边抽泣起来。

为了阻止谣言的传播，第二天一早，奶奶来到了卡萨利家，告诉他一个新情况。得知埃莉克有身孕，老头子很失望，暗暗责怪他弟弟到死了还骗他。尽管他对这事心存疑惑，也只得同意，等埃莉克孩子断奶后，再领她过来。

当马提亚和彼特来找克利多斯拿织布工场的钥匙时，他们觉得他关于埃莉克怀孕的解释难以置信。他们没有和他争论太多，彼特威胁他说："假如你直到中午，还不把织布机交给我们，我们就让人到拉各斯，把这些事情都告诉你老婆。我确信，你是不会希望她知道后，来和你大吵大闹。"说完这些，两兄弟愤愤地离去。

很明显，马提亚和彼特派人去了拉各斯，因为第二天早上，阿迈赶到埃莱金来了。"你爸爸的妻子和你出什么事了？"阿迈在织布工场找到克利多斯，当面问道。

面对妻子的焦虑不安，克利多斯尽量保持冷静，他说道："阿迈，你这样说就让我感到意外了，我弟弟玩这种伎俩，是为了从我这里争夺织布机，你还看不出他们编造这种谎言，和其他花招一样，都是故意在为难我吗？"但无论如何，阿迈还是放心不下，她去找奶奶求证。奶奶巧妙地让她相信自己的丈夫。由于马提亚和彼特没有其他证据来支持他们的陈述，所以，他们也不能按他们所威胁的，让村里的长老把克利多斯他们驱逐出村。这个事情只好暂时搁置下来，马提亚和彼特继续想其他法子。

在回拉各斯的路上，阿迈一直心存疑惑，那谣传的事始终萦绕在脑际。尽管一直以来，她对克利多斯是信任的。但现在，她不在他身边，总有些放心不下。因此，她采纳了她姐姐的建议，要赶紧到埃莱金和她丈夫一起。"假如你坚持待在拉各斯，等到你后悔时，其他女人已经把你取代了。"她姐姐说。阿迈到她所工作的女子高中辞掉工作，带着两个孩子来到埃莱金。

　　克利多斯虽然感到很意外，但看到老婆和孩子到埃莱金来，还是很高兴。看到他们的住所只有一个房间时，阿迈有些不满意。克利多斯许诺，他会另找一处地方安顿家小。阿迈的到来使马提亚和彼特遭到重挫，因为他俩还一直想以埃莉克怀孕的事敲诈他们的兄长。而埃莉克此前还想着仍有机会和克利多斯在一起，看到阿迈带着孩子一起来了。她知道，她的不幸已无可挽回了。第一天晚上，她在院子共用的厨房里遇见阿迈的时候，憎恨就在她心中生成了。对她而言，阿迈侵入了她的领地。既然阿迈不让她到拉各斯去，她也没有理由欢迎阿迈来埃莱金。

　　阿迈凭女人的直觉感到，埃莉克是她的敌人。从那个女人对她冷冰冰的态度上看，阿迈更加坚信，埃莉克怀的孩子是她丈夫克利多斯的。但是，她始终把这些想法藏在心底，只是经常敦促克利多斯为他们寻找新的住所。她不想在埃莉克分娩时还住在这个屋子里。

　　随着埃莉克的孕期越来越大，她的脾气也越来越大。她越来越感到阿迈阻碍着她和克利多斯关系的发展，成为他们的障碍，她把所有的怒气都集中在阿迈身上。有一天，外面下着暴雨，轮到埃莉克打扫厕所，但她拒绝了。阿迈再也忍不住心中的怒气，骂她是狐狸精。埃莉克则要她回自己家去。阿迈更骂她是不要脸的妓女，自己丈夫去世还要勾引他的儿子。这句话伤害了埃莉克，她怒不可遏。若不是克利多斯及时干预，两个女人几乎要动手打起来。克利多斯对她们连续不断的争吵厌烦极了。他恳求她们不要吵，请求埃莉克原谅。埃莉克则责怪他是她不幸的制造者，发誓要对阿迈对她的侮辱实施报复。

　　那天晚上，埃莉克躺在床上，翻来覆去睡不着，她做出了一个决定。次日清早，她假装到附近一条溪里打水，接着跑到一个部落巫医那里请教巫术。"我不想弄死什么人，"她对那个留着白山羊胡子的老人说,"我只是想求到一道巫术,把那个邪恶的女人,从我们村子里打发走。"

老巫师单调反复地念念有词,过了一会儿,递给埃莉克一只葫芦,里面装着黄褐色的调和物。"你每天早晨醒来之后,不要漱口,不要和任何人说话,喝一口这个调和物。然后,你直接去找这个可恶的女人,向她问候。"

"问候她,这……"埃莉克不解地说。

巫医打断她的话:"是的,问候她,你按我说的去做。你每天早上给她下跪,热情诚恳地向她问候。我保证,你只需坚持半月,她将收拾行李,离开你们村子。"

埃莉克对幸福充满憧憬:"哦,活神仙,如果这事能成功,我将永远感激你。"

"当然能成功。记住,起床后就喝下它,在这之前,和谁都不要说话。"

给巫医付过钱后,埃莉克就回家了。

每天清晨,埃莉克按程序先喝下黄褐色的调和物,接着便去问候阿迈。阿迈并不知道埃莉克的用意,以为这是埃莉克对自己罪孽的自责和悔恨,所以,她愉快地接受埃莉克诚挚的问候。对于埃莉克态度的改变,她深受感动。她想说服克利多斯,取消周末搬出这座屋子的计划。

在埃莉克实施她的计划的第四天深夜,全家人都被埃莉克的哭叫声吵醒了。当克利多斯和阿迈来到奶奶的房间时,他们发现埃莉克在地席上打滚,地席上流着很多血。埃莉克哭述着。夜间,她小腹突然疼痛,原以为坚持一下,忍一忍就会没事的;但疼痛越来越剧烈,后来竟流出血来。

1小时以后,埃莉克被紧急送到了教堂医院,她流产了。她告诉医生,由于一种说不出口的小病,吃了一种土药。根据医生的诊断,正是这个土药,导致了她的小产。一星期后,埃莉克出院,带着虚弱的身体和极度的悲伤,回到家里。她发现,卡萨利正在那里等着她。

"现在你已经没有身孕了,跟我回去吧。"老头满心欢喜地说。然后,他又转向克利多斯说:"你很走运,小孩子流产了。我一直都知道,这小孩是你的。本来就想等小孩出生以后,我好向长老报告,你将被逐出村子。那样,就要由我来帮你接管那些织布机了……"

当卡萨利领着埃莉克和她 6 岁的孩子离开后,克利多斯强抑住眼中的泪水。这是伤心的泪水,为那个为他怀了孩子的女人和他失去了的孩子伤心;这也是高兴的泪水,现在,他终于实现了他父亲的期望——对织布机的完全掌控。

节气歌（组诗）

南蛮玉

◎ 春

立 春

雪花夹在雨里像茫然的归人
霾里帝都
薄暮航班飞向旧时四川

屋顶的月亮，荷塘小酒馆的回锅肉
到镇子偏僻的巷子转悠，拍花草
三五好友在黄龙溪、梅林湖边喝茶

一生当中这样的日子太少
谁家灰姑娘，还在恋爱中
谁家小家禽，不啄老菠菜

立春抄古方：小雪三分，白鸟两羽，白梅半钱

所有的白不及一场消失的雪

春后我来泰州，不知蓝医生在否

雨　水
——兼致蓝喉、晏客

白鸟皎洁而明月疾飞

失联的孩子从山中归来

天一生水，万物萌发

枝头，白玉兰的纸杯旋转

星空的饥饿被一场雨水分成

奇数的虫声

数不清的花叶正在出发

水和轻寒，也在关节里升降

年少时，我们探险、寻觅

追问溪水的源头

如今，默念探花和煮字的故人

于河边草树，找回归舟

惊　蛰

——春天的挽歌

一路玉兰为你白，从火里归来
白色裹身衣已太轻，已无影

早春寒夜，半轮明月照着半溪
霜雪被流水掩埋，死亡医治了所有疾病

野樱花漫山浮起，鸟鸣动听
惊蛰日当吃梨，梨者离也，土屋后一株老梨

花苞还细，茶山上新叶初萌
聋耳朵的祖父在山上，独自过了五年

惊蛰日当听琴，当斫开星空的旋涡
辨认微疼的虫眼，虫眼中

遥遥雷声带来隔山雨，虫声唧唧……
空村更空，在另外的国度

春　分

草花和树花纷纷开，山花和水花纷纷开
野樱一周，海棠半月，幽兰香气如故
久未移花接木，令我愧对园林

花落太快，软笔写不出硬字
学习摄影太迟。梦里登山
新茶分开昼夜，山际线分开天空

燕子飞回老宅，祖先牌位留守山村
采桑、采茶皆旧事，春陌迟迟
采来马兰头、水芹菜，老人吃了降血压

春分日，绿背山雀、红尾水鸲
相逢一片春林。燕尾洲
裁开半轮月亮，画舫歌声，小儿笑语

清 明

只有赏花饮酒为正事
窗外、坟外，野花远成草原
歌里唱的，诗里写的，皆前世事

而世间并没有野花
辨识陌上草和通泉草
需要一次郊游，半个下午

桂子和野樱相逢一隅春泥
泥一样的醉意煮着春梦
徒然草是棵什么草

雨街上喝茶的地儿还在

多少年前,随便一棵黄葛树下
一杯茶就是一天

谷 雨

——兼致邂逅山水

雨落下来,滴答一声,成为地衣
白花紫露草,饮下樟花香气
看麦娘,看不住后院的槐花似落雪
江南遍野的毛茛,乡下人唤她老虎脚迹

一个草本名字,一颗木本的心
举着水珠的镜头追寻
纷纷野花在四月,遇见她
不在山谷,便在水湄

海拔 1314,午时三刻
遇见绽放的日晕
下山的路上,金樱子牵住衣袖
粉团蔷薇,飞得轻

◎ 夏

立 夏

铃兰摇响空谷

群山之心
有人在雨夜孤独

谁在崖畔日夜结庐
为星星和野蔷薇
打理赏瀑天梯

碧色大地，五月艾清香初老
糯米以巫术召唤乌饭魂魄
一个虚构的吻，消融唇齿

闪电枝丫伸进风之骨骼
长夜漫漫，有人涉过暴雨
湿身走进白鸟微躯

小　满

我说小满是一条河
月亮也同意了
用旧的月光拧得出水
月光的绒毛是燕麦

她的香气和小芒都是软的
蓝印花布包裹爱和美食
默片里柳岸送别，风留下来
沙洲慢慢吹绿

从河网里撤退的雾
回到祖辈居住的天井
分汊水路遁入鸬鹚掌纹
在船舷放两盏灯

芒　种

唇形科环绕的五月
新生儿含笑午睡的五月
风吹过来，美梦笑出光芒的五月

在山中，伸手就可摘到星星
留一半在瓦背，留一半在水中
青石古道，覆盆子微酸的一面朝你

小麦渐熟，水稻秧青
泉水流过阔叶箬竹
薜荔翻过土墙，糯米粒粒晶莹

绿的山，绿的树，绿的谷心
一本翻开的书在仲夏等你
古子城，天长巷，种下诗的种子

夏　至

——兼致如风

六月雪化作满天细羽

晚霞捧出一轮明月

分食一盘素馅饺子
白皮黄瓜比往年更甜

涉过流水和蝉鸣
山道向记忆连续转弯

醉鱼草和鱼群溪滩分手
赤足的孩子追上一片阔叶

风吹散落花的影子
数不清的蜻蜓拉长白昼

村口的拱桥折叠
古树群私藏无名的星星

小 暑
——兼致琼姑娘

乡村的彩虹弯腰饮涧
山道也弯腰,向清凉和幽静
打开植物的香气

一杯红茶里昨日重现
一棵古树,享受蓝天

而忘记酷暑

彩云之南，草甸上的野花
纷纷开放，傍晚的凉风
识得琼姑娘

昔归是一座山
日落之前
小王子骑着龙马归来

大　暑

——兼致踏雪

火烧云烧坏天才和凡人
病暑者，澡一场传说中的雪

四时节气皆乱，花神也乱了平仄
一生倒有半生，掉进诗潭难翻身

蛙鼓：在悬空的岛屿，在消隐的虹桥……推
在乡村铁匠铺，在六月的荷塘……敲

看呐，八十七神仙霓裳变幻，水磨腔
消磨多少烟波画船

乘飞马往湖畔客栈，乘流云往不可

追回的流年，乘盛大的暑热

回到一天比一天轻的尘土
和肉身

◎ 秋

立 秋

南山深处，塔石
峰峦如莲瓣聚散
世间哪有这么绿的莲瓣

东篱小院，一层又一层蛙声
安放虫声，夜的协奏曲
浮起一河星子、一粒露珠

推开窗，晨雾上演幻术
一叠又一叠瀑布，在余仓村
练习绝壁飞行……峡谷，我来了

梨树源，小女孩牵着手溯溪
下午的微凉，落进群山
掩映的秋意

处 暑

——致碎红如绣

秋风虽然拖延
牵牛和白雪，仍然梦见蟋蟀

故园虽然悬空，一个露台
也可退守南宋，为册页中的随园

临安之地，流水记下蝉鸣的坏账
晚报副刊连载一朵玛丽

用一棵树，测试内心和香气。才华
似多余的露珠。在星光下

我们沉迷同题游戏，比如处暑
必得下透一场流星雨。而梦中

带卷须和吸盘的植物，说服叶绿素
和晚霞，顺从时针旋转

白 露

以落英为食粮的山居岁月
芒草花散开雁阵的分水岭
你的眉峰有一个小小忧愁

长夜虫鸣不曾说什么时候

一个空址，露水里的前世
小山明灭，关山阻隔，
邮路不通，杯中酒换成热茶
热茶渐冷，渐淡，露渐白

以文字为食粮的城居岁月
秋风吹过深隐的星子明月
你的眉峰有万水千山，哦
水中轻舟咯出微疼的轻寒

秋　分

——和苏省

今日收到白牡丹两包，饮白茶的人
也饮下白露过后的晨梦
桂花的甜香和秋雨平分
宫殿和草亭平分

海滩上的扇贝，和用旧的潮水平分
高悬的明月，和草丛的青葫芦平分
秋色为谁颠倒，秋光为谁扫眉
眉间的山河，杯中的渡口

霜雪尚远，忧愁和苦果

还在邮路上，不知浅深……
秋风还未凛冽。饮白茶的人
还有三分月色，七分江南

寒　露

秋风在不同的地方老去
喝茶的人，想起醉酒时候

这一天，吃梨、红枣、仙草炖汤
早晨细雨霏霏，老父为孙儿买来豆沙包

离别的车站，不要看老人的白发
不要回头，一亩之园，今天种下芫荽

后山，洋姜花灿烂无知，三叶青
插枝适应了新土。那些追逐和欢笑

大漠胡杨如金甲战士。那些冷月和衷肠
一只蝶把翅翻向幽深的反面

那些酒话和梦话
潦草的地图折叠又折叠

霜　降

——兼致酸枣

虽霜降而着单衣
梦中忘了年纪

秋枒,水岸颠倒
瘦果蔷薇,勾留一朵浮云

西域初雪,鹤飞担心他的大丽花
苹果酒在凌晨,思念未谋面的友人

想你,水边红蓼
就在风中酿出微酸……在南方

想你,风中的白茅和白发就忘了年纪
霜花融,浮玉凝。普天之下

所有放心不下的才子,今夜
天降一个霜白姑娘

◎ 冬

立 冬

—— 致悠悠

休息日,冬雷阵阵,郡斋渐冷
独饮一杯举岩贡茶

北方有人醉酒,中年的深夜
唱少年迷过的老歌:"花开的时候,你却离开我。"

硬骸旧友露出软弱的心
"她似乎冷若冰霜……莫斯科郊外的晚上。"

"周末,错过了京城的初雪,燕尾洲的蓝天……
积道山游步道,追孩子跑出一身汗。"

"他在我耳边,唱我喜欢的歌,
一首接一首唱,直到……手中电话发烫。"

直到雨声推开茫茫大海
留下茫然的我们

小 雪

孪生的雪花,一片飞在天上

一片落入湖中

食黑芝麻以润发，食黑枸杞以明目
花格木窗里，鸳鸯火锅冒热气

冷空气还在路上，梦中的村庄
漂到水中央

鹤岩山上，一行绿草密缝用旧的路
低处的绿，落叶纷纷飘过旧时光

野菊花对着山涧喊出声
青苔滑过一只小狐狸

孪生的雪花，一片化鹤飞去
一片化石留存

大　雪

临安不是一个地址，它是会融化的飞雪
是雪中，慢慢醒来的一个梦

相隔半个南宋，那些丢失的时间
织进南方的水网：青山湖、苕溪、洗砚池

浅水滩头，霜枝纵横似行草
落雪天，有人抄写《太清楼书谱》

沿雪花飞来的方向往回看
山阴道上,有人骑着小毛驴

天目山游步道,滚动几颗怀旧种子
纷纷落叶飞过冰川纪

城郊玲珑山,有人在客栈打尖
秘制红枣冬瓜,等待一位稀客

冬　至

宜思念故人,偶尔念及
被灰尘、白雪掩埋的
蔷薇或青菜

一年中最长的黑夜,宜早早归家
围坐八仙桌前,享用南方麻糍
或北方饺子

不学古人在午时测量日影
用葭管吹灰……那些朱笔点染的
九九消寒图,风雅止于怀念

雾霾虽深,梅园香气
自顾自跑到时间前面,凛冽的消息
掩埋一个偷儿

小　寒

山中落雪早，一年中最冷的节气
你想起的那场雪，仍在记忆里纷纷落着

雪夜泛舟去看一个消融已久的朝代
江南的万千竹林，一夜翠玉变琼枝

午休的废铁时间，独自骑单车
去郊外看寂寞的蜡梅花林

蜡梅香气上滑来的黄昏
读冯友兰的《哲学简史》。可与友兰的友人

躲进小楼，写下小花坠地……
姜片、当归宜于时世

老人在膏方里再添一味怀旧
饮正山小种，暖胃红茶陪伴一个下午

大　寒

众里寻她，不如到百度和气象台
天上的白雪，被寒潮和忧虑

迫降虚无的梅花岭。雪还没有下呢
梅窗内，烤苹果冒着热气和香气

"暴雪来了,就在今晚!"预言帝挥舞
章鱼爪。岁晚,一切按上快进键

老人回忆早年的冰挂,悬崖上
迷鹿的蹄印,大雪涂改记忆封了山

在灯下,那人为她修补一个碎瓦瓮
新的冰纹无痕不容易,换种口味可能不喜欢

九十年代的老邮件,从起意到落笔
风道上的一阵冷,雪意还在路上

火车的脾气（组诗）

坤　宇

两趟高铁的邂逅

在我供职的车站
经常看到高铁与高铁的邂逅
比如每天下午的一幕
来自安庆的 G7591 次
1 号站台 14 时 04 分出发
开往安庆的 G7592 次
2 号站台 14 时 05 分到达
那是一对靓丽纯情的少男少女
隔着一片忧伤又甜蜜的空气
不是擦肩而过
而是用小别测试爱的长度

如果从空中俯视这两列

来自长江北岸同一座小城的高铁
是两条身材颀长的白条鱼
摇着尾巴相遇又分开

后来，在站台上巡视的我
也变成了一条鱼

小　站

火车停停又开了
那么随意
就把现在变成了过去

很多时候都是从一个小站
开往另一个小站
那么随意
就制造了一段回忆

而两个车站之间的距离
就像你
和我

一趟白色的高铁停在站台上

它在等我们
它安静得像一个睡着的孩子

它在梦中张开眼睛
把排着队的爱
装进心里

过一会它就会醒来奔跑
跑得比谁都快
像孩子一样
无牵无挂

坐火车

让我们一起去坐火车
说好了不是去旅行
只是坐火车
为了坐火车而坐火车

坐火车
把整个你整个我
放心地交给火车

让车窗外不停变幻的风景
打量我们

我们坐火车
在车轮敲铁轨的声音里
说话，说许多话
你一句我一句
有一句没一句
说的全是平常不一样的话
多好

登上高铁

当我把整个自己
放心地交给高铁
就像儿时把自己
攀上父亲的肩膀

用木头做的刀枪厮杀
在场地上用碎瓦画田
在田里移动自己的智慧
轮流扮演官兵和强盗
双手搭肩的小火车来回奔跑
单纯的快乐
才是真的

此刻我清楚地知道
我乘坐的高铁是快乐的
快乐的高铁每天运送快乐
我也只拣快乐作行李
随高铁贴地飞行
就有了最快的
乐

临时停车

时刻表上没有规定的一次停车
让小站深感荣幸
你的思绪暂停了几秒
你用意念打开车窗
跃身而下
另一个你飞身而入

你等候已久

火车运来了什么

火车彻夜不眠
火车的眼睛充满血丝
即使是白天

也有这么多人在旅途中沉睡
这么多人放心地沉睡
火车火车火车
你不知疲倦从远方来到远方去
火车火车火车
你运着多少个梦啊

火车说走就走

火车是一言既出的君子
火车说走就走
是说了分手就不回头的那个人

只是一定会流下两行固执的泪
十里百里千里万里
凝固成两句话

两声汽笛

火车进站时叫了一声
火车出站时又叫了一声

第一声有点甜
第二声有点苦

月　台

火车到达
阳光从车门口奔涌而出
火车出发
一阵雨淋湿月台

月台月台
这两个字拥抱在一起
就变成一个最伟大的字

火车的脾气

年少任性敢喘粗气
甚至用汽笛大声吼叫

长成内燃机后
开始学深沉

长成电力机
长成动车和高铁后
沉默了但更有力了
成熟了但
仍然喜欢出头露面

深夜的火车是孤独的

货物紧随其后但不说话
旅客都已进入梦乡
原野坚持无边的黑
风被穿越又闭合
月亮这盏路灯还算敬业
火车时不时地用几声汽笛
驱赶害怕
好像加速跑过一片乱坟岗
脚步倒始终没有乱

好　像

两条铁路被一座小山隔开
两列火车
一个往北,一个往南
在山的尽头相遇时
一齐叫了一声
两个字中间带个省略号
好像是,再……见

火车别停

虽然走着既定的轨道
但每一列都是新的
每一列都有新的想法新的故事
每一列都用一个数字命名
某次某某次某某某次某某某某次
仿佛是爱的次数

夜晚的火车描绘夜晚
穿越某种情绪
让白的更白
黑的更黑

火车你停一下
让不爱下车
火车你别停
既然爱了就不停地爱

牧羊人

在火车站工作 40 年了
我胡子渐白
渐渐长成孩子眼中的牧羊人

身边跑来跑去的羊
叫声温柔

我所有的日子
都能从那张时刻表上找到
时时刻刻的表达　毫无偏差
南来北往聚散依依的火车
是眼前的风景
更是远方的诗行

移动银行

火车是一个移动的银行
始发站存入
终点站支取
中间小站都是活期
存取频繁

无论是欢乐还是悲伤
都会升值
你的距离拉长
我的距离缩短

小镇生活（组诗）

朱德康

远方的酒被月光煮着

用一张车票丈量异乡

没有驿站和马驹

北方，麦地已染了黄色

乡间路上

有几只野兔在奔跑

如同陌生的我们，呼啸而过

晚风，起了夜色

远方的酒被月光煮着

在窗外，一望无垠地

微醺人间

小镇生活

去城里的路，越修越大
远方，近了
嗒嗒的马蹄声听不见了

路边那间老邮局
墙的绿褪色
年迈的邮递员
慎重地数
来信，少了

春分里
江南的米酒开始泛酸
柳枝已然下了邮车的腰
那些小镇日子
被时光，搁浅在漫步的岁月

古　道

寒冷打破车窗
陌生的山坡如谷堆
等着孩子们
游戏一场久违的夜宴

这里一定有云朵来过
某个春天
无人问津的花，也开在
流年里，我们却相遇冬天

坐在身旁的老人诉说
那是赶路人用尘埃堆砌的
看，从苗岭到长安
多少人，一生的距离

父亲的酒

油纸伞遮挡不了秋的凉
马上桥边酒舍接住了天边的月光
映了些许对饮人的身影
月宫的故事今夜到来

此时，老父亲消瘦的手
正揉捏着红曲米
灶边多年的酒坛子不再尘封
久违的醇香把我们的过去延长

不远处的乌篷船里
有人哼起了熟悉的小调
湿润的石板街上，走过行人
也印下了时光的匆忙